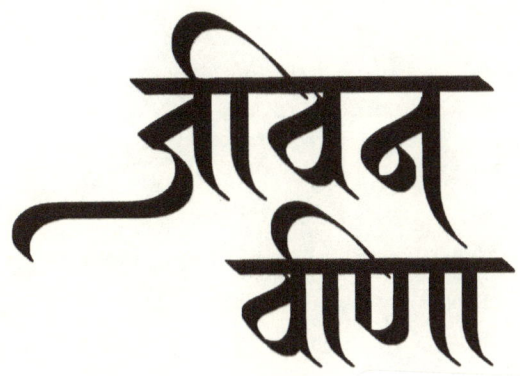

जीवन वीणा

कविता संग्रह

अनीता श्रीवास्तव

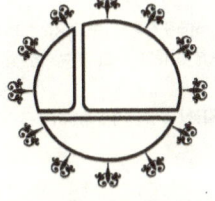

अंजुमन प्रकाशन

जीवन वीणा (कविता संग्रह)

अंजुमन प्रकाशन

942, आर्य कन्या चौराहा, मुट्ठीगंज

प्रयागराज - 211003 उत्तर प्रदेश, भारत

website - www.anjumanpublication.com

E-mail - anjumanprakashan@gmail.com

प्रथम संस्करण अंजुमन प्रकाशन द्वारा 2019 में प्रकाशित

आवरण व टाइपसेटिंग - अंजुमन प्रकाशन, प्रयागराज

ISBN : 978-93-88556-12-5

प्यारे पापा को याद करते हुए

भूमिका

कविता मनुष्य की तीसरी आँख है – कल्याण की विधात्री (शिवेतरक्षतये-मम्मट) और पारदर्शी (ऋतंभरा प्रज्ञा -योगदर्शन)। आचार्य मम्मट ने काव्य के प्रयोजनों पर चर्चा करते हुये इसे लोक कल्याण का विधायक इसीलिए कहा है क्योंकि शिव का तीसरा नेत्र अनिष्ट का शमन करने की सर्वाधिक सामर्थ्य तो रखता ही है, इसकी महत्ता इसकी वह परादृष्टि भी है जिसे योगदर्शन में महर्षि पतंजलि 'ऋतंभरा प्रज्ञा' से उपहित करते हैं। इस प्रकार संसार और समाज में विचरण करने वाले मनुष्यों में अतिविशेष की यह पहचान उस व्यक्ति के आत्मसाक्षात्कार के वृत्त से किसी प्रकार कम नहीं है।

अनीता श्रीवास्तव की 'जीवन वीणा' काव्यकृति कुछ ऐसी ही साधना और सिद्धि का परिणाम होगी, ऐसा मेरा अनुमान कहता है। जीवन को वीणा मानकर चलने वाले साधना के पथिक की सबसे बड़ी चुनौती इस 'असाध्य' को साधने जैसी ही है। इसके सदा कंपित रहने वाले तारों को तो उसे साधना है ही, इसके मौन झंकार की भी उसे अनदेखी नहीं करनी है। यह कोई स्वप्न का जागरण न होकर जागरण का भी स्वप्न ही है- सुषुप्ति और तुरीय अवस्थाओं के परे, जैसा कि यजुर्वेद के द्रष्टा कवि का उद्घोष है –

'जागरण में दूर जाता जो बहुत
और उतना ही चला करता जब हम सुप्त होते
ज्योंतियों की ज्योति जो है एक
मेरा मन !
सदा शिव संकल्पकारी हो। '
(तन्मे मनः शिव संकलमस्तु)

अपने 'प्यारे पापा' की स्मृति को समर्पित इस संग्रह की कविताओं का केंद्रीय स्वर कवयित्री की गहन आंतरिक संवेदनाओं को सिलसिलेवार आकार देता जैसे उस रिक्ति की पूर्ति में ही सचेष्ट है जिसकी चुनौती उसने स्वीकार कर उसे पाट देने की प्रतिज्ञा ले रखी है। इसलिए जब वह अपने पापा को अपने में 'जिंदा' देखती है तो उसका तर्क अकाट्य हो जाता है –

'मेरे चेहरे में चेहरा उनका
मेरी बोली में लहजा उनका

मेरी आँखों में उनकी चितवन'

और जब इस निरंतरता को झंकार भी मिल रही हो –

'जीवन-वीणा के तारों को सुर की साध लिए कसती हो
लाड़ डांट व ठाट लिए तुम घर के हर कोने बसती हो
माँ तुम अपने आप बसाई भरी-भरी पूरी बस्ती हो!'

यह बहुत विचारणीय है कि स्मृति का यह विस्तार जब स्थूल शरीर में इतना प्रखर और परिपूर्ण है - पीढ़ी दर पाढ़ी और इस तरह वास्तव में सनातन तौर पर ही – तो मन के सूक्ष्म तंतुओं में उसकी मौजूदगी कितनी मौजूं नहीं होगी !

अपने पति और परिवार के सरोकारों के अतिरिक्त अनीता समाज, राष्ट्र, भाषा और सभी सम-सामयिकताओं की पूरी खबर रखती हैं। इनके प्रति उनकी कवि दृष्टि की आवश्यक संवेदना तो है ही, उसमें समुचित तटस्थता, पैनापन और योग्य समाधान भी है जिसके लिए मैं उन्हें बधाई देना चाहता हूँ।

मैं साहित्य और सुधी समाज द्वारा इस रचना के सम्यक समादर की आकांक्षा रखता हूँ।

प्रभुदयाल मिश्र

अध्यक्ष महर्षि अगस्त्य वैदिक संस्थानम्
उपाध्यक्ष, मध्य प्रदेश लेखक संघ, भोपाल

सम्मति

कविता, कवि के अनेक जन्मों के संचित पुण्यों का सुपरिणाम है, जो लिखी नहीं जाती है, लिख जाती है। कविता स्वतः अवतरति होती है। कविता, कवि की बेटी है, कविता कवि की बहिन है, कविता कवि की माँ भी है। कविता कवि द्वारा सृजित है, इसलिए बेटी है, माँ वाणी की कृपा से वह अवतरित होती है, इसलिए बहिन है और माँ वाणी स्वयं ही कविता के रूप में कवि के अन्तस् में प्रकट होती हैं, इसलिये वह माँ भी है। इसलिए कविता सर्वमान्य रूप से पूजनीय है। कवि को ब्रह्मा भी कहा गया है, इसलिए कविता उसकी सृष्टि भी है।

अक्षर-विन्यास के आधार पर देखें तो कविता के तीन अक्षर - 'क' 'वि' 'ता' की व्याख्या में पाते हैं कि 'क' से तात्पर्य कल्पना, 'वि' से विकलता और 'ता' से तादात्म्य। दूसरे भाव में देखें तो 'क' से तात्पर्य कसक, 'वि' से वियोग और 'ता' से तादात्म्य। जब अपनों से, परिवार से, समाज से अथवा परिस्थिति या घटना से कवि के अन्तस् को आघात लगता है और उसकी अनुभूति से जब वह तिलमिलाने लगता है और अन्तस् की विकलता या वियोग से जब उसका तादात्म्य हो जाता है, तब कवि के हृदय में पनपता भाव, शब्दों के तन्तु-जाल में लिपटा, एक अनोखी प्रसव-वेदना के साथ कवि के हृदय से कविता के रूप में प्रकट होता है।

क्रौञ्च-वध का दृश्य जब बाल्मीकि के समक्ष घटा और उसकी पीड़ा को जब बाल्मीकी के हृदय ने आत्मसात कर लिया, तो उन्हें ऐसी अनुभूति हुई कि बहेलिये द्वारा चलाया गया बाण उस मैथुनरत क्रौञ्च पक्षी के हृदय में नहीं, बल्कि उनके हृदय में चुभ गया... तो उनका व्याकुल हृदय छटपटाने लगा और सृष्टि की प्रथम कविता ने जन्म लिया।

"मा निषाद प्रतिष्ठां त्वमगमः शाश्वतीः समाः।
यत्क्रौंचमिथुनादेकमवधी काममोहितम्।। "

तुलसी, रत्नावली की फटकार से; मीरा, परिवार की प्रताड़ना से कवि रूप में समाज के समक्ष आये। अन्यान्य कवि जितने भी हुए, कहीं न कहीं चोट खाये हुए थे।

कविता-सृजन के लिये तीन प्रमुख कारक आवश्यक हैं- प्रथम - सत्य की अभिव्यक्ति द्वितीय - लोक कल्याण की भावना और तृतीय - सौन्दर्य का प्रतिपादन... अर्थात् साहित्य में सत्यम्-शिवम्-सुन्दरम् की परिकल्पना नितान्त आवश्यक है।

डॉ0 भगीरथ मिश्र के शब्दों में *"कवि, खोये हुए सत्य के नग्न ढाँचे को लेकर उस पर रंग-रूप भरता है और उसे सरस तथा सजीव बना देता है। यथार्थ के नीरस ठूँठ को वह कल्पनागत् आदर्श से पल्लवित, पुष्पित और हरा-भरा कर देता है।"*

डॉ0 रामानन्द तिवारी के अनुसार *"सत्य, काव्य का आधार अवश्य है, परन्तु वह उसका सर्वस्व नहीं है। सत्य के आधार, काव्य के उपादान बन सकते हैं, लेकिन केवल सत्य ही काव्य नहीं है; सत्य के साथ शिव और सुन्दर भी होना चाहिए।"*

"सहितस्य भावः इति साहित्यम्" के अनुसार, जिसमें किसी का हित हो वह साहित्य है; अगर समाज को, देश को कुछ मिल न सके तो वह साहित्य नहीं है; लफ़्फ़ाज़ी है, बकवास है। महाकवि दिनकर के शब्दों में–

"अंधकार है वहाँ जहाँ आदित्य नहीं है,
मुर्दा है वह देश जहाँ साहित्य नहीं है।"

उत्कृष्ट देश के लिए, सभ्य और सुशिक्षित समाज के लिए उत्कृष्ट साहित्य-सृजन अनिवार्य है। कवि गोपाल दास नीरज लिखते हैं –

"आत्मा के सौन्दर्य का शब्द-रूप है काव्य
मानव होना भाग्य है कवि होना सौभाग्य।"

तो बात पुनः वहीं आ जाती है कि कविता सौभाग्यशालियों को मिलती है, जिनके पूर्व जन्मों के संचित सत्कर्म बहुत श्रेष्ठ होते हैं।

प्रस्तुत कृति 'जीवन वीणा' की प्रणयनकर्ती श्रीमती अनीता श्रीवास्तव एक महान विदुषी, यशस्वी एवं उत्कृष्ट कवयित्री हैं। प्रगतिवादी विचारधारा को नये-नये प्रयोगों, बिम्बों और प्रतीकों के माध्यम से सजा-सँवारकर प्रस्तुत करना, यह उनकी सर्वोत्कृष्ट विशेषता है। सामाजिक, पारिवारिक विषमताओं एवं कुरीतियों और विडम्बनाओं पर कलम की तेज धार से अनगिनत कटाक्ष किये हैं। 'भाई' शीर्षक से सृजित कुछ पंक्तियाँ द्रष्टव्य हैं–

"मेरा भी ले ले अपना भी रख
भाई तू हिस्सा मत दे प्रेम बनाये रख
अपनी मर्जी से छोड़ा है सबसे कह दूँगा
न बदला हूँ न बदला ही लूँगा
माटी का रिश्ता है राख तक निभाऊँगा
मत देखने आ तू शहर मेरे ज़ख्म
अपने दिल पर हाथ तो रख
भाई तू हिस्सा मत दे प्रेम बनाये रख।"

प्रेम ही ईश्वर है। जहाँ प्रेम होता है ईश्वर वहीं निवास करता है। मानव की एक

घिनौनी प्रवृत्ति होती है, ईर्ष्या। ईर्ष्या पर पैना कटाक्ष करते हुए अनीता जी सूरज को प्रतीक बनाकर कहती हैं कि सूरज तो ज्वाला होकर भी ज्वलनशील नहीं है, फिर तुम क्यों जलते हो। जलने वाला जलकर राख हो जाता है; जो जलता नहीं है वह देदीप्यमान तो रहता है, राख नहीं होता। सूरज जलकर भी राख नहीं होता, वह सदा अमर है।

"सूरज, जिसे तुम कहते हो आग का गोला
ज्वाला होकर भी ज्वलनशील नहीं है
इसीलिए अब तक राख नहीं हुआ
बिलकुल प्राकृतिक है
जलकर जो भी जलता है
राख होता है
तुम अगर नहीं चाहते हो राख होना
ज्वलनशील मत होना।"

प्रत्येक व्यक्ति के अन्तस में भावनाओं का अथाह जलनिधि हिलोरे ले रहा होता है, जो परिस्थितिजन्य हो नयनों से छलकने लगता है। सुख के हों या दुःख के, होते तो आँसू ही हैं, जो हृदयान्तर्गत समग्र भावों को प्रकट करने की सामर्थ्य रखते हैं। पानी सबकी आँखों से निकलता है और समान भी होता है... किन्तु हम हैं जो उसमें भी अपने और पराये का भेद मान लेते हैं। प्रस्तुत है 'आँसू' कविता के माध्यम से दर्शाया गया अपने और पराये आँसुओं का अन्तर... यथा–

"आज हम अपने व पराये
आँसुओं पर चर्चा करेंगे
आँख के पानी पर थोड़ा खर्चा करेंगे
सम्वेदना सो गयी या मर गयी पता नहीं
अपनी छोटी-सी गागर को सागर समझते
आँसुओं को हमने बस यूँ जाना
अपनी आँख से गिरे तो मोती
परायी से गिरे तो खारा पानी
अपने और पराये आँसुओं का फर्क
जब मिटेगा
दुनिया में दर्द कहाँ टिकेगा।"

अनीता जी सम्वेदनाओं की कवयित्री हैं। किसी की भी वेदना हो, उनका उससे तादात्म्य हो जाता है और वह उससे एकाकार हो जाती हैं। गाँव को छोड़ने की वेदना उनके अन्तर को कचोटती रहती है। ऐसा अनुभव होता है जैसे कुछ खो गया हो। गाँव से पलायन कर शहर को आबाद करने वाला व्यक्ति बहुत कुछ अनमोल धन

छोड़कर, काँच के टुकड़ों का संग्रह कर लेता है और वह अनुभव करता है कि उसने बहुत कुछ खो दिया है। 'शहरी' कविता में वो कहती हैं–

"गाँव से बहुत दूर निकल आया है
शहर का आदमी
उसकी गठरी में बँधी उम्मीदें
बिखर गयीं
शहर की सड़कों पर
उठा लिये हैं सड़क पर बिके चिलकन के टुकड़े
भर लिये हैं अपनी जेबों में ऐसे
मुफ़्त मिला सोना हो जैसे"

सम्वेदनाओं के साथ-साथ मनोविज्ञान की पकड़ भी उनकी बहुत सशक्त है। कहते हैं वाद-विवाद के माध्यम से विचारों का आदान-प्रदान बहुत आवश्यक एवं महत्त्वपूर्ण होता है और एक सर्वमान्य हल निकलता है। लेकिन उनके विचार से वाद-विवाद की प्रक्रिया कभी-कभी गलत रूप धारण कर लेती है। यह उनकी अपनी समझ है, अपना मनोविज्ञान है, जो कहीं तक सही भी है। 'किला' शीर्षक कविता में उन्होंने इसको स्पष्ट करने का प्रयास किया है –

"विचारों का आदान-प्रदान
आपसी समझ पैदा करता है सिद्धान्ततः
व्यवहारतः पैदा करता है बहस
बहस को कलह बनते देर नहीं लगती
घर की शांति हो हाती है तहत-नहस
लोग समझाने को जब आते हैं
बिना समझे ही समझाये चले जाते हैं
कहाँ से चले थे यह भी भूल जाते हैं। "

ऐसा नहीं है कि अनीता जी केवल प्रयोगवादी कविता रचनाधर्मिता से जुड़ी हों; उन्होंने गीत भी लिखे हैं, गीत का शिल्प भी उनका अनूठा है। उनका कथ्य और गीत की भावभूमि अत्यंत प्रशंसनीय है। 'वतन की राह' नामक गीत उनके उच्च विचारों और सर्वश्रेष्ठ सिद्धान्तवादिता को परिलक्षित करता है। वह अपनी बात पर अटल हैं।

"जो वतन की राह में नमन नहीं करेंगे
हमवतन वो होने का दम नहीं भरेंगे।
धूल के हैं फूल ऐसा यहाँ चमन है
एक माँ है अपनी लाखों करोड़ हम हैं
इसकी आन पर जो ख़ुद ही नहीं मरेंगे

हमवतन वो होने का दम नहीं भरेंगे। "

अपनी कलम के मजबूत प्रहार से आतंकवाद के शीश पर जो घन जैसी प्रबल चोट की, उसे पढ़कर हर भारतवासी के मन में सिहरन होना लाज़िमी है, उसका खून खौलना निश्चित है। 'आतंकवाद' नामक गीत में बड़ा करारा प्रहार किया है। यथा –

> *"खुशी बेचते हैं ये ग़म बेचते हैं*
> *लगाकर दुकानें धरम बेचते हैं*
> *मासूम चेहरों की पढ़ के इबारत*
> *गुनाहों की दुनिया में देते हैं दावत*
> *लगाकर ये फेरी कफ़न बेचते हैं"*

शक्ति का मानवीकरण करके एक अत्यंत मार्मिक गीत की संरचना की है, जिसे पढ़कर मन बाग-बाग हो जाता है। एक छोटा सा अंश उद्धत करना समीचीन समझता हूँ।

> *"पर्वतों के शिखर क्या हैं मेरे लिए*
> *एक दिन आसमां पे नजर आऊँगी*
> *इससे पहले कि घुट-घुट के मर जाऊँ मैं।*
> *आज की बेटियों में उतर आऊँगी।* "

इस प्रकार हम देखते हैं और मानते हैं कि अनीता जी सिद्धहस्त महानतम कवयित्रियों में से एक हैं। इनसे अनन्तानन्त सम्भावनाएँ हैं। इनका इसी भाँति अभ्यास चलता रहा, तो श्री अज्ञेय, नागार्जुन, धूमिल, मुक्तिबोध, गिरिजा कुमार माथुर, केदारनाथ अग्रवाल, सर्वेश्वर दयाल सक्सेना आदि प्रगतिवादी और प्रयोगवादी कवियों की पंक्ति में एक सम्माननीय सोपान पर खड़ी दिखाई देंगी।

दूरदर्शन और आकाशवाणी में वर्षों तक उद्घोषक का कार्य करती हुई, सम्प्रति शासकीय उच्चतर माध्यमिक विद्यालय बैढ़न (सिंगरौली) म0प्र0 में जीव विज्ञान के वरिष्ठ शिक्षक पद पर कार्यरत हैं। सहृदय, सुशील, सौम्य, मिलनसार और अहंकार-शून्य इस महान और मौलिक कवयित्री की कलम से अभी और भी अनेक ग्रंथ आने सम्भाव्य है। मैं उनकी कीर्ति और उज्ज्वल भविष्य की कामना करता हुआ प्रसन्नता की अनुभूति कर रहा हूँ और ईश्वर से प्रार्थना करता हूँ कि वह शतायु हों, सुखी हों, यशस्वी हों। ॐ शम्।

– संतोष सौनकिया 'नवरस'

गणेश जी
जालौन, उ.प्र.

अपने मन की

यह बात तो है कि कविता किताबें छोड़ मंच पर जा चुकी है। आलीशान जगहों पर मकाम बना चुकी है। कभी-कभी आ जाती है किताबों में, मंच से तृप्त होकर या फिर थक कर सुस्ताने या कवि को साहित्यकार का दर्जा दिलवाने, बावजूद इस सबके मुझे मेरे हिस्से का काम तो करना ही था। सबके हाथों में परमात्मा का हाथ है। प्रातः स्मरणीय गोस्वामी जी को नमन कर लूँ। *"पद बिन चलै, सुनै बिन काना। कर बिन कर्म करे विधि नाना।।"* सबके हाथों में परमात्मा का हाथ मानकर अपनी लेखनी को अपनी न मान, परमात्मा की मान कर मैंने मेरे हिस्से का काम किया और अपना काम आपके हाथों में सौंपते हुए आनंद की अनुभूति हो रही है, कुछ वैसी ही जैसी कन्यादान के समय कन्या के माता-पिता को होती है। इस अवसर पर अपने पिता श्री रमेश चंद्र श्रीवास्तव जी जिन्हें मैं स्वर्गवासी नहीं कह सकती क्योंकि वे मुझे मुझमें साँस लेते हुए से लगते हैं, को कोटिश नमन करती हूँ।

मेरे चेहरे में चेहरा उनका
मेरी बोली में लहजा उनका
मेरी आँखों में उनकी चितवन
और माँ तो यहाँ तक कहती है
कि मेरा कहते-कहते रुक जाना
बेवजह सब के आगे झुक जाना
देखना दूर तक दिखने के लिए
मगर भीतर ही भीतर खो जाना
उनसे उनका जिंदा सब कुछ पाकर
हम रहें और कहे कि वे नहीं रहे। (मैं पिता से)

मेरी माताजी, श्रीमती सावित्री कुसुम श्रीवास्तव जी, अपने पुत्र की मृत्यु को जीती हुई जिन्होंने मेरा लालन-पालन किया और उनके अनुसार मेरे किसी लायक न होने पर सदैव दुखी होती रही। अकारण दयालु होने के कारण परमात्मा ने श्री वीरेंद्र कुमार श्रीवास्तव जी को मेरा जोड़ीदार बना दिया, जिन्होंने जीवन के सफर में हर धूप और छाँव में साथ निभाया, बल्कि खुद धूप में रहकर मुझे छाँव में चलाया। मुझे मालूम है कि मेरी गलती रहती थी, किंतु तुमने नुक्स निकालना छोड़ दिया। ईश्वर के दिए अनमोल रत्न ईशिता सुहानी और देव लिखने, पढ़ने और समय के साथ चलने को हमेशा प्रेरित करते रहे। बचपन से ही मुझे मेरे इर्द-गिर्द की दुनिया और सामाजिकता के नाम पर फैला दोगलापन डंक मारता रहा। एक संसार जिसमें हम रहते हैं और दूसरा वह जो हमारे भीतर रहता है। मनुष्य उम्र भर इन दोनों के मध्य घड़ी के पेंडुलम की तरह दोलन करता रहता है। हमारे भीतर स्वभावतः जो प्रेम और निश्छलता के भाव है, वे येन-केन-

प्रकारेण क्षरण को प्राप्त होते रहते हैं। सफल होने के सांसारिक उद्यम में व्यक्ति अपने नैतिक मूल्यों को तिरोहित करता जाता हैं। समाज की विसंगतियाँ मुझे बेचैन करती हैं यही कारण है कि मैं इस तथाकथित सामाजिकता में अकेली पड़ जाती हूँ। माँ के कथनानुसार, अपने पिता की तरह भाव और स्वभाव पाकर मैं एकांत प्रेमी होती गई अपनी तमाम पीड़ा को कागज पर लिखा, कभी प्रकृति से प्राप्त संकेतों को शब्द देने का मन हुआ, तो कभी रिश्तों ने झिझोड़ा। जब जिसने मेरी संवेदना पर चोट की, लिख दिया। मित्रों के बीच बाँटा तो पता चला कि यह तो कविता हो गई। भीतर कहीं ये आस रहती है कि लोग विश्वासी हों, उनमें आपसी सम्मान की भावना हो लेकिन यथार्थ में यह सब हीरे-मोतियों की तरह है। वर्तमान में समाज का भौतिकवादी और सोच विचार पर अर्थशास्त्र का हावी होना उतना बुरा नहीं लगता जितना लोगों का भावनात्मक स्तर पर रुखा होना और नैतिक स्तर पर गरीब होना लगता है। वहीं भाषाई स्तर पर हमारे लोग लगातार विपन्न होते जा रहे हैं। शायद आने वाली पीढ़ी की अपनी भाषा वेशभूषा और खानपान की ही तरह उधार की भाषा ही होगी। पिछले 20 वर्षों में हम खूँटी पर टँगे हुए कोट जैसी संस्कृति के आदी हो गए हैं जब मैं गैर हिंदी मित्रों से मिलती हूँ मुझे यह दुख अधिक सालता है। बदलाव प्रकृति का नियम है हमने हर तरह के परिवर्तन को टेक्निकली अपडेट का नाम दिया पर क्या वास्तव में बात यही है? संचार माध्यमों की बढ़ती पहुँच ने हमें आत्मनिर्भर बना दिया और अति ने एकाकी। अपने बाल्यकाल का उदाहरण याद आता है, मेरे पिताजी के एक सहयोगी थे जिनकी पाँच बेटियाँ थी। स्टाफ के तीन-चार लोगों ने मिलजुल कर एक दूसरे की बेटियों की शादियों में उधार लेन-देन करके सब सँभाल लिया रिश्तेदारों तक को खबर नहीं लगती थी। एक वह स्टाफ था एक आज का स्टाफ या समाज है जब सभी एक दूसरे की हैसियत की छाती पर आला लगाए रहते हैं। कमोबेश यही स्थिति पूरे परिवेश की है। अपनापन रखने वाले निश्छल लोग हीरे-मोतियों जैसे हो गए हैं। यही कुछ कारण हैं, जो लिखने को प्रेरित करते हैं। यह देखना भी जरूरी है कि लोग आजकल जल्दी में है धैर्य की कमी है पता नहीं मैनेजमेंट के गुर ज्यादा सीख गए हैं या मन ही अधीर हो गया है। सोशल मीडिया पर लिखती रहती हूँ मैंने देखा वहाँ लंबे आलेख और रचनाएं पढ़ने का किसी को अवकाश नहीं, तो कम शब्दों में अपनी बात कही जाने लगी। राजनैतिक दौर की विशेषताएं अपनी जगह, मगर हमने जो 'बेड' को 'पलँग' और 'रेड' को लाल कहना छोड़ दिया, यह कैसी मजबूरी है। मैं अन्यान्य कारणों से अंग्रेजी की सर्वव्यापकता को मानती हूँ लेकिन हम यह भूल गए या व्यवस्थित तरीके से भुलाने के अभ्यस्त बना दिये गए कि हमारी अपनी भाषा हिंदी है। अंग्रेजी एक मेहमान भाषा है और हमें ध्यान रखना चाहिए कि मेहमान कितना भी बड़ा आदमी हो उसे बाहर के कमरे में ही बैठाया जाता है। पहले से ही अनेक भाषाओं के शब्दों को अपने में समाहित किए हमारी हिंदी आज हिंग्लिश बन चुकी है। इस तरह की भाषा का लोक जीवन और निजी जीवन में प्रयोग जड़ों से कटते जाने की पीड़ा देता है। कितने ही शब्द हमारे बोलचाल से गायब होते जा रहे हैं और उनका स्थान अंग्रेजी के शब्दों ने लिया है। हास्यास्पद तो यह है कि

अधिकांश लोग जिस शब्द की अंग्रेजी जानते हैं उसे हिंदी में बोलने में अपनी हेठी समझते हैं जैसे ट्रांसफर, पब्लिक, अकाउंट इत्यादि। आत्मविश्वास की कमी है कि जिस भाषा में बोलना सीखे उसी भाषा को बोलने में शर्मिंदगी महसूस करते हैं हिंदी का दुख अकेली अंग्रेजी नहीं है हिंदी भाषियों का हीन भाव है जिसने हिंदी को दीन बना दिया है जैसे अनेकानेक कारक है जो बाहर की दुनिया से भीतर की दुनिया में प्रवेश करते हैं, प्रभावित करते हैं, मन को आंदोलित करते हैं तब लिखने के सिवा कोई चारा नहीं होता।

मुझे कविता लिखना नहीं आता, मैंने कविता का शिल्प नहीं सीखा, छंद और व्याकरण का अभ्यास नहीं किया। काश किया होता। ग़ैरसाहित्यिक एवम पारिवारिक पृष्ठभूमि होने एवं विज्ञान की विद्यार्थी होने के कारण सीखने के अवसर उपलब्ध नहीं हो सके। ईश्वर से प्रार्थना है कि अगले जन्म में मुझे गुणी जनों से सीखने का सुअवसर प्राप्त हो सके।

इस जन्म में फिर मैंने कविता क्यों लिखी? इसका सीधा सा उत्तर है- एक बेचैनी।

मैं कवि नहीं, कविता मेरी बेचैनी है
मुझे बस अपनी बात कहनी है।

इस पुस्तक को प्रकाशन के सोपान तक पहुंचाने में महर्षि अगस्त्य वैदिक संस्थानम के अध्यक्ष एवम मध्यप्रदेश लेखक संघ के उपाध्यक्ष श्रद्धेय पंडित प्रभुदयाल मिश्र जी के बहुमूल्य योगदान के लिए में हृदयतल से आभार व्यक्त करती हूँ। मेरी रचनाओं को प्रायः अपनी टिप्पणियों से आदर दे कर मुझे प्रोत्साहन एवम मार्गदर्शन देने के लिए श्रद्धेय श्री संतोष सोनकिया नवरस जी का धन्यवाद करती हूँ। यहाँ मैं अपने गृहनगर टीकमगढ़ के गौरव और देश भर में अपनी नाट्य प्रस्तुतियों से ख्याति अर्जित करने वाले कलाकार, कलमकार एवम अभिनेता श्री संजय श्रीवास्तव का शुक्रिया अदा करना ज़रूरी समझती हूं आपकी प्रतिक्रियाओं ने मेरा सदैव आत्मविश्वास बढ़ाया। मेरी सखी प्रीति मजूमदार जो मुझे प्रेरित करती रही उसका एवं मेरी रचनाओं के नियमित पाठकों में श्री अंजनी कुमार शुक्ल जी एवम उषा दुबे जी और सभी पाठक मित्रों द्वारा दिए गए प्रोत्साहन के लिए शुक्रिया।

मुझे साहित्य का ज्ञान नहीं दुर्भाग्यवश गुरु की कृपा भी मुझे प्राप्त ना हो सकी जिनके भी हाथों में 'जीवन वीणा' जाएगी वह सभी मेरे गुरुतुल्य होंगे। मेरा अनुरोध है कि वह मुझे विद्यार्थी मानकर मेरा मार्गदर्शन करें एवम अपनी प्रतिक्रिया मुझे shrivastavanita63@gmail.com पर प्रेषित करने की कृपा करें। सादर.....

अनुक्रमणिका

भाग 1
कविता

भाग 2
गीत

भाग 3

बाल कविताएँ

भाग 4

मोमान्टिक शायरी

भाग 1

कविता

वंदना

तेरी शक्ति से जीवन सँवरता रहे
दीप जलता रहे दीप जलता रहे।

बन के बेटी जो आई लगी भार सी
और खाती रही हूँ सदा मार सी
फिर भी विनती है मुझमें सरलता रहे
दीप जलता रहे दीप जलता रहे।

प्रेम मुझसे किया और छला भी यहीं
न तो अबला हूँ मैं, मैं बला भी नहीं
माँगती हूँ हृदय में तरलता रहे
दीप जलता रहे दीप जलता रहे।

राम रावण में न भेद तुझसे बना
तेरी ममता का तरुवर है कितना घना
तेरा आशीष हम सब पे फलता रहे
दीप जलता रहे दीप जलता रहे।

हाँ मैं अपने लिए देश के भी लिए
तेरे आगे जलाती हूँ घी के दीये
नेक हाथों में हरदम सफलता रहे
दीप जलता रहे दीप जलता रहे।

खोज

दिल ढूँढ़ता है
जगह
जहाँ सिर्फ अच्छाई हो बुराई नहीं

दिन
जो खुशनुमा हों और ढलें नहीं

रातें
जो चाँदनी हों और बीतें नहीं

लोग
जो प्यारे हों और बिछड़ें नहीं

शक्ति
जो टिके कभी चुके नहीं

इसीलिए
मालिक ने उसे आँख नहीं दी....

दिनचर्या

दिन का एक छोर है भोर
जिसे पकड़ मैं उठती हूँ
उस छोर तक मैं पहुँचूँ
इससे पहले ही
फिसल जाती है हाथों से डोर
मैं बटोरती
तहाती
सहेजती रहती
उस पर फैली
उम्मीदें
समर्पण और
सपने...

पहचान

जब तुमने मुझे पहचाना ही नहीं
मेरे होने का क्या अर्थ
मैं रहूँ भी तो न रही सी
दिखूँ भी तो न दिखी सी
यूँ मैंने अपनी पहचान को कभी छुपाया नहीं
श्रृंगार से सजाया नहीं उसे
बल्कि उड़ेल दिया ख़ुद को पहचान ही में
और जीती रही उसे ही हरदम
ताकि अपने बारे में बताना पड़े कम से कम
मगर चेहरा
जिसमें दिखती है मेरी पहचान हर किसी को
नहीं नज़र आया वह तुम्हीं को

क़िला

पति-पत्नी के बीच
विचारों का आदान-प्रदान
आपसी समझ पैदा करता है सिद्धांततः
व्यवहारतः पैदा करता है बहस
बहस को कलह बनते देर नहीं लगती
घर की शांति हो जाती है तहस-नहस
लोग समझाने पर जब आते हैं
बिना समझे ही समझाए चले जाते हैं
इतनी दूर निकल जाते हैं
कहाँ से चले थे यह भी भूल जाते हैं
दूरी इतनी कि दोनों दो ध्रुवों से हो जाते हैं
और बीच में रह जाती है उनकी बसाई दुनिया
बस इसी दुनिया की खातिर हम चुप रहें
भेदों को अपनी जगह रहने दें
जीवन को पानी सा बहने दें
जिसमे सहमती हो ज़ुबान को सिर्फ वही कहने दें
बच्चों को लगे वे आदर्श माहौल में पल रहे हैं
कभी न जान सकें कि बाहर वे
और भीतर भेद पल रहे हैं
भेदों से बने इस क़िले में रहते हुए
हम किसी सिद्धांत पर अमल करने का जोखिम नहीं उठाएँगे
न ही कभी क़िले को ढहाएँगे
जिसमें सुरक्षित हैं चिड़िया के अंडे
बाहर है अजगरों की बस्ती
दाँव लगते ही वे सरसराकर घुस आएँगे
भरोसा नहीं किसको छोड़ेंगे किसको निगल जाएँगे
भेदों से बने इस अभेद्य क़िले में
जीवन सचमुच कितना सुरक्षित है!!

उधार

आज अगर मैं उड़ना चाहूँ
तुम्हें लौटाने होंगे मेरे पंख
जो सिन्दूर की सी डिब्बी में बंद मैंने सौंप दिए थे तुम्हें
मानकर तुमको ही आकाश
आज एक चिड़िया ने चिढ़ाया मुझको
ठीक खिड़की के सामने उड़–उड़के दिखाया मुझको
ऐन उस वक्त जब मैं जाँच रही थी तुम्हारे आकाश होने को
तुम्हारे अधिक से अधिक मुझमें और कम से कम मेरे पास
होने को
मैंने पायीं चारों ओर दीवारें ऊपर छत
इसी को समझी थी आसमान धत्
वहीं दर्पण से सटी
धूल से पटी
डिबिया सिन्दूर की सी
हिल रही थी उसमे एक अरसा पहले रखे गए
पंखों की फड़फडाहट से
भीतर तूफ़ान उठ गया इस नन्हीं आहट से
अब.......आज.....अगर
मैं उड़ना चाहूँ
अपने ही पंखों से जुड़ना चाहूँ
तुम्हें लौटाने होंगे मेरे पंख

जीवन ज्योति

शब्दों के दीपक में
अर्थ की ज्योति है
भावना पिघलकर
बाती भिगोती है
सपनों का ठीया वहीं
रात जहाँ सोती है
पलकों पर फाहे से
आलस के क़तरे हैं
कोरों में सागर उमड़ने के ख़तरे हैं
फिर भी ये जीवन है दीप दीवाली है

हिंदी दिवस

कितने दिन हो गए जब किचन को रसोई कहा था
और पेन को कलम
सोचिये कबसे कहते आ रहे हैं पलंग को बैड
और लाल को रेड
आखिरी बार कब कहा था बैट को बल्ला
और रिंग को छल्ला
पिछली बार जब आपको सॉरी बोलने की ज़रूरत पड़ी थी
तब हिंदी वहीं हाथ बाँधे खड़ी थी
और जब थैंक्यू थैंक्यू बोलकर दे रहे थे धन्यवाद
तब नहीं आई हिंदी की याद
जो औरों के साथ करते हैं
मातृभाषा के साथ भी कर रहे हैं
हिंदी दिवस और पखवाड़ा मनाकर
उसे भी छल रहे हैं।

जिन्न

बत्ती बुझने के बाद
जल जाया करता है बल्ब
मेरे ही भीतर
बंद पलकों के पीछे
निकल पड़ता है अलादीन के चिराग़ से
महत्वाकांक्षाओं का जिन्न
क्या हुक्म मेरे आका
रोज़ ही मैं सौंप दिया करती हूँ
उसे अपने सपनों का खाका
वह फुर्ती में रौशनदान से बाहर निकल जाता है
उसके लौटने का इंतज़ार मुझे सारी रात जगाता है

हस्ताक्षर

नहीं जानती कहाँ ग़लत हूँ
कहाँ सही
इस सबके लिए अब देर हो चुकी है
जैसी भी हूँ मैं वही
साबित हो जाए बस यही
खुद के ख़त्म होने का एहसास भयावह है
इसलिए ख़ुद को झोंके रखते हैं लोग
कुछ न कुछ होने में
इससे पहले कि सोख ले जीवन की स्याही को
वक़्त का स्याही सोख्ता
लिख दिया जाए पहले शीर्षक
फिर दिनांक एक कोने में
बायें से शब्द क़लम को पकड़कर ले जाएँ
मेरे होने का बोझा ढोते हुए
अंतिम पंक्ति के दाहिने छोर तक
.....जहाँ हो जाएगा मेरा हस्ताक्षर सही।

शहरी

घर से बहुत दूर निकल आया है शहर का आदमी
उसकी गठरी में बँधी उम्मीदें बिखर गईं शहर की सड़कों पर
उठा लिए हैं सड़क पर बिछी चिलकन के टुकड़े
भर लिए है अपनी जेबों में ऐसे
मुफ़्त मिला सोना हो जैसे
जी फिर भी रहता है भरा भरा-सा
नहीं पहुँचती यहाँ तक उसके गाँव की हवा
और नदी का पानी
बल्कि नदी ख़ुद
आते-आते यहाँ तक हो गई है बेपानी
जी तोड़ मेहनत से उसने शहर में बना लिया है मकान
उसकी नींव में बैठी रह गयी थकान
वह चाहकर भी नहीं लगा पाया था उसमें
यारी की, आँच में पकी कल्लन के आँवे की ईंटें
और माँ के धूल भरे हाथों की थाप
दीवारें हैं बाट जोहती आँखों सीं सपाट
नहीं पड़ सके उन पर
होली में गर्राए हुरियारों की पिचकारी के छींटे
उसने यहाँ मनाए हैं होली दीवाली और छठ ऐसे
बिना मन के मीत संग जिया हो जैसे

भूख

ख़ाली पेट आदमी
भरी पूरी दुनिया की पीड़ा है
उसकी भूख ज़ख़्म है इंसानी दुनिया की देह पर
तो फिर देते क्यों नहीं उसे
उसके हिस्से की रोटी
जबकि दुनिया में बराबर बराबर है
पेट भूख रोटी
भूख जलावन-सी
सुलगती रहती है भीतर
आदमी हो जाता है आँवा में पके हुए मटके-सा
जिसमें भरा होता है उसका ग़ुस्सा
बेबसी बनकर बूँद बूँद रिसता है
और खेत की मिट्टी में मिलता है
इस तरह जन्मती है क्रांति गेहूँ के दानों में
जिन्हें खाकर पंछी तक हो जाते हैं नरभक्षी
चीर डालना चाहते हैं अपने नखों से
उन पेटों को, जो हैं चर्बी के टीलों जैसे
ताकि भूख आज़ाद हो
छाती से चिपके हुए पेटों में भी मनुष्यता आबाद हो
क्योंकि दुनिया में
बराबर बराबर है
पेट भूख रोटी।

सूरज

सुदूर आसमान से आकर
अपनी रेशेदार रश्मियों से
बुहारता है अंधकार का क़तरा-क़तरा
वहाँ कोने में जहाँ भोर आते ही नहीं पहुँच पाता
दुपहरी तक
घूम घाम कर
जुगत भिड़ाकर
पहुँच ही जाता है
साँझ होते-होते
इसी उपक्रम में थक जाता
फिर भी हार नहीं मानता
अंधकार की ताक़त बढ़ते देख भाग नहीं जाता
सिमटकर बन जाता है लौ
और बैठ जाता है दीये में
अंतिम साँस तक लड़ने के लिए
बिना लिए छुट्टी
बिना पिए घुट्टी
लगा है जन्म ही से
फिर जाता क्यों नहीं अंधकार
उस दुनिया से जो भीतर है हमारे
जबकि बेतरह रौशन है वह दुनिया
जिसमें रहते हैं हम
और जो ठीक घेरा बनाकर चारों ओर है हमारे।

भाषा

मीठी लगती है मौन की भाषा
शब्द जब संवाद नहीं करते
चुक जाती है उनकी सामर्थ्य
इंकार कर देते हैं अर्थ ढोने से
तब मौन देता है दिलासा
सन्नाटा फ़ैलकर चादर-सा
ढाँप लेता है दोनों को
हृदय से निकले संवाद तब
बिना लिपि और व्याकरण के
बाहर आते हैं
बिना ध्वनि तरंगों का आसरा लिए
सीधे हृदय तक जाते हैं
ऐसा बहुत बार हुआ है
जब मौन ने शब्द को छुआ है
शब्द अंगडाई लेकर शिशु सा उठा
और उसका उठना पुलकित कर गया
वह, जो मौन को समझ न सका
शब्दों के बोझ तले दब गया
ज़हनी और पर मर गया
शब्द सिखाने को बने हैं संस्थान
मौन से कौन कराएगा पहचान

देह

सुख के दिन थे तो पत्थर बनकर जिया
जीवन रूपी अमृत को पानी समझकर पिया
जब दुःखों की हुई बारिश और गला
मिट्टी का बना है ये तब पता चला।

आमंत्रण

आमंत्रण है
आओ
कह दो
वो सारी बातें जो किसी से कही नहीं
और जिन्हें कहे वग़ैर भीतर का शोर थमता नहीं
शांति चाहते हो तो हो शांत
मौन नहीं
इससे तो उपेक्षा करने लायक भी नहीं रहता
भीतर का कोलाहल
जैसा कि तब था जब तुम थे मुखर
खिली धूप-सा मेरा उजलापन देख
कभी क़लम उठाई थी तुमने
सीलन भरे विचारों को बिखेर दिया था बड़ी पापड़ सा
पता नहीं किसकी याद में तुमने मुझ पर एक गीत लिखा
और गुनगुनाया
जिसके लिए था क्या उसे भी सुनाया
मुझ पर लिखे गीत यूँ ही
लिखे-गुनगुनाए जाते हैं
जिसके हैं उसी से छुपाए जाते हैं
राजदार हूँ मैं वफ़ादार हूँ मैं
स्वीकारो मेरा आमंत्रण
भर दो मुझमें ख़ुद को
और हो जाओ रिक्त
एकदम हलके उड़ने लायक।

रिश्ते

क़रीब से देखा जब
पाया हर रिश्ते को बँटा हुआ
जहाँ-जहाँ जोड़ था वहीं था कटा हुआ
नितांत अकेला पाकर ख़ुद को
ख़ुद से बना लिया रिश्ता
और ख़ुद के साथ हो लिए।

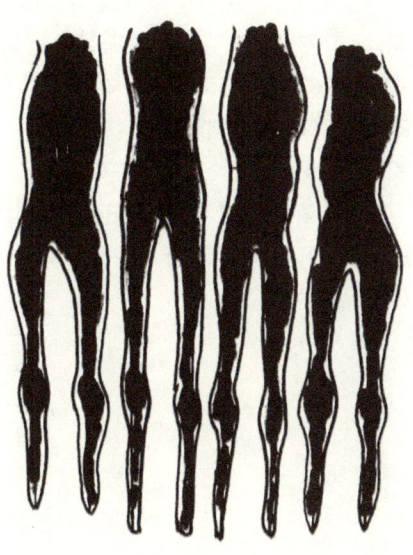

नई सदी

सूनी सड़क पर जा रही थी आज की सदी
पेड़ किनारों से सीटी बजा रहे थे
बेंच पर टिके थे हँसोड़ से पटिये
वे पान की पीकों से कोने सजा रहे थे
न हो सका था सदी से रूबरू आदमी
घर में दुबक के रह गया था घरू आदमी
उसको सता रहा थीं घर भर की भरीं आँखें
दागती थीं उसको उम्मीद की सलाखें
पत्नी को बताने के बचे न थे बहाने
माँ भी समझ गई थी जाए कहाँ कमाने
उसने ज़रा सहमकर सुराख़ में से झाँका
हसरत भरी नज़र से फिर नई सदी को ताका
आज की सदी थी ऐसी बनी ठनी थी
थी तो असल में भारत पर इंडिया बनी थी
रह गया ठगा सा अजब सी बेबसी थी
हाथ नहीं आ सकी ये ऐसी प्रेयसी थी
चली गई शहर जो इक्कीसवीं सदी थी
गाँव के नसीब में उन्नीसवीं बदी थी।

जीवन

जीवन एक नदी है
बीचोंबीच बहती मैं
जूझती लहरों से
भँवरों से उलझती मैं
जब भी किनारे की ओर हाथ बढ़ाया है
उसने मुझे ऐसे धकियाया है
जैसे वह स्त्री सुहागन पर पुरुष मैं
असंख्य तारिकाओं की टोली के साथ
आता है चाँद
नहाता है रोज़ इसी नदी में
बाँटता फिरता है शीतलता और उन्माद
लहरों ने पाया है रस श्रृंगार का मुझसे
दानवीर चाँद और भंडार में
लग गया होता किनारा हाथ तो मैं ठहर जाती
रेत में छोटा सुन्दर-सा घर बनाती
जुगनू देते द्वार पर पहरा
घुसने नहीं देते कभी अंधकार गहरा
बैठ छत पर गुनगुनाती मैं
सीप बन मोती बनाती मैं
नदी सूखे या कि सागर में मिले
हर हाल में अस्तित्व खोती मैं,
जीवन एक नदी है बीचों-बीच बहती मैं।

उपहास

पत्ते जब हरे होते हैं
फूल मसखरे होते हैं
तेज हवा का झोंका
झोंकता जब आँखों में धूल
नाक चिढ़ाता फूल
जब पानी बरसता मूसलाधार
घोंसले से दूर कोई पंछी लाचार
भीगे पंख फड़फड़ाता
फूल को मज़ा आता
जून की दुपहरी में जब
तवे सी तप जाती धरती
हरे पत्तों की छाँव में
मुस्काता फूल
किसी का दामन जब काँटों में फँसता
फूल हँसता
अपने भाग्य पर इठलाता फूल
गर्व से सीना जाता फूल
मिलता सिंहासन तो बैठ ही लेता
होती मूँछें तो ऐंठ ही लेता
यहीं कर बैठा भूल
बस पाँच रुपैया में
माली का लड़का ले गया
डाल के डलिया में
हँसता क्या अब जान के लाले पड़े थे
फूल पर फूल सारे अटे पड़े थे
प्रायश्चित के आँसू थे अब आँखों में
फूल हूँ मैं हँसना मेरा स्वभाव

बाँटू हँसी जहाँ भी दिखे अभाव
करना था हास-परिहास
कर बैठा उपहास
हे विधाता मुझे माफ़ कर दे
उठाकर डलिया से इक बार मुझे
फिर डाली पर रख दे।

एक पल

वो एक पल
जब मन प्रफुल्लित होता है
आसमान इतने पास होता है
कि हाथ बढ़ाओ और छू लो
टिमटिमाते तारे
जुगनू हैं सारे
और चाँद
तवे पर डाली गई रोटी
जब मन होगा पका लेंगे
हवा ठहरी है पेड़ों पर
इक इशारे के इंतज़ार में
जब मन होगा बहा लेंगे
क्यों न इसी एक पल में सारा जीवन जी लें
अगला पल वो जिए जिसे मरना हो
जीवन को सालों के जोड़ से भरना हो

लाचारी

मुझसे क़सम ली बादल ने
न बरसने की
बरसने का काम उसका है मेरा नहीं
रात और दिन आठों पहर पर राज उसका है
मेरा नहीं
कब बरसूँ?
पत्तों से उड़ जाता है जब
जीवन-जल भाप बनकर
रह जाते हैं पीले सूखे खड़खड़ाते जब
मानसून आता है बादल बनकर तब
और तभी बनती है वेदना की बदली
उसमें भी भरा होता है वही पीलापन सूखापन खड़खड़ाहट
पलकों में दुबकी वह खोजती फिरती है बरसने की जगह
कहाँ बरसे
आवारा मटमैले मनचले बादल
बरसते फिरते हैं सब जगह
मर्यादा में बँधी हुई
संवेगों में सधी हुई
एक नाज़ुक बदली
तरसती है बरसने को
उसकी शायद तक़दीर ही खोटी है
धरती उसके लिए छोटी है।

कमल

आपको यही सवाल खाए जा रहा है
कमल कीचड़ में क्यों खिलते हैं
जिसमें खिला है कमल
उसे कीचड़ आपने कहा
कमल ने नहीं
कह सकता नहीं
कह सकता अगर तो माँ की गोद कहता
इस क़दर टूटकर खिलना
कहीं और होता नहीं।

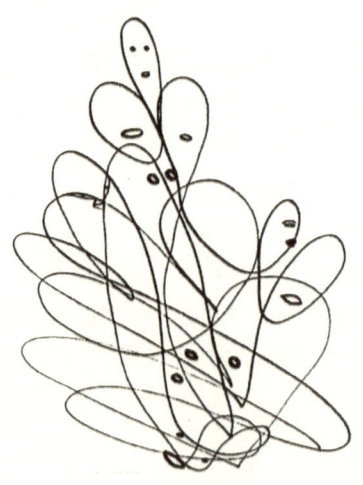

युक्ति

ज़िंदगी आज निखरने ही वाली है
इसी सोच ने सुबह में उल्लास भरा था
पहर दर पहर अधीरता बढ़ती गई
दिन की जवानी चढ़ती गई
फिर शाम हो गई
उम्र के ख़ज़ाने से
फिर एक अशर्फ़ी खो गई
ऐसे ही कितनीं अशर्फ़ियाँ खो गईं
जीवन को सँवारने की सभी युक्तियाँ
जैसी जागीं थीं
वैसी सो गईं।

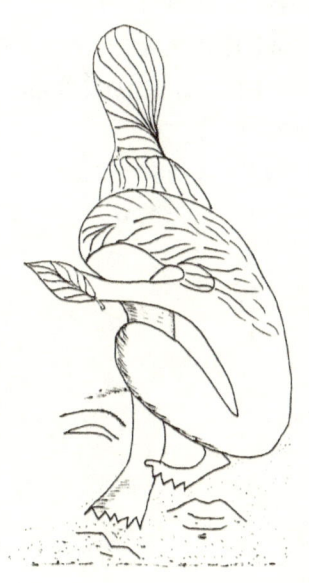

दस्तक

हवा मुझ पर देती है दस्तक
क्या मैं बंद कमरा हूँ
जब भी मुझ पर पड़ती है फुहार
हो जाती हलकी सी हरारत
असहज हो जाती हूँ
सोचती हूँ
कभी की होती शरारत
फेंका होता शांत पानी में कंकड़
कभी बोला होता झूठ और पकड़े जाते
या फिर करते वादा और मुकर जाते
कभी चोरी से तोड़ लेती फूल
फिर कह देती हो गई भूल
भीग ही लेते बारिश में कभी
और कह देते छाता छूट गया
होली में कोई प्यार से रँग देता कपोल
हम कहते ख़बरदार खोल दूँगी पोल
इतने बंदी हैं भीतर मेरे
इन्हें क़ैद रखूँ आख़िर कब तक
हवा मुझ पर देती है दस्तक

उम्र

उम्र को छोड़ कहीं जाना हो
तो मैं साथ हूँ तुम्हारे
मैं क्योंकि उम्र से अलग हूँ
और पास हूँ तुम्हारे
उम्र में घुले हैं अनुभव खट्टे-मीठे
चढ़ी है कुटिलताओं की धूल
मैं हूँ बिलकुल अनूठी जैसे कि फूल
मैं तो तब भी अलग थी
जब वह किशोर होने गई थी
मैं दीवार की ओट से
जासूसी करती रही थी
सुराग पाने को उसका कहीं जाना हो
तो मैं साथ हूँ तुम्हारे
तुम्हारे साथ होने का अर्थ ही है
इतना समर्थ होना कि उम्र कुछ कर न सके

आँख

अच्छे लगते हैं
लोग सच्चे लगते हैं
हम सभी लपेटे में हैं
इस या उस तरह के लोगों के
इतने ज़्यादा कि देखने लगे ख़ुद को उन्हीं की आँखों से
दिखने लगे अपने हज़ार अवगुण
या मुझसा कहाँ
फूटी अहंकार की कोंपल या निराशा का नासूर पला
उसके राई भरे बोझ तले चरमरा गया कोमल व्यक्तित्व
जो था इतना पवित्र जैसे नवजात आँख
जो देखती है हर चीज़ को
किसी दुनियावी दर्शन के चाक़ू से बिना किये दो फाँक
बड़ों की सीख किताबों के सफ़े
महामुनि का प्रवचन चिंतकों का दर्शन
भाँति-भाँति की ज्ञान की पोटलियाँ
क्या नहीं हैं और की आँख जैसे
यही देखकर एक अनगढ़ देहाती
अस्सी साल के श्रम से बने गड्ढे में
धँसी हुई आँख रो दी
हाय! सभ्यता के विकास में
हमने अपनी आँख खो दी।

किसान की विधवा

वह तो मुक्त हुआ
सरकार से मुफ़्त में मिली किताब खोले
बल्लू बैठा है टापता
गणित में उलझा
ट्यूशन बंद हो गई
बल्लू का भविष्य लगता है कि बर्बाद हुआ
वह तो मुक्त हुआ
मरी कमली को भी अभी जवान होना था
और बापू को बूढ़ा
चलो होने दो
मगर रात भर खाँसता है
मैं नहीं जानती कौन सा दुःख ज़्यादा सालता है
बुढ़ापा, खाँसी या अन्नदाता पुत्र की मौत
मुझ गँवार के लिए
ये एक कठिन सवाल हुआ
वह तो मुक्त हुआ
मर गया पेड़ पर लटककर
मौत रह गई मुझमें अटककर
दुनिया में हल्ला है अन्नदाता मर रहा है
मर तो मैं रही हूँ
हर साँस में सौ बार
चुपचाप
न कोई हल्ला न मौत की पदचाप
अन्नदाता की मौत को जीती हुई।

बचपन का नाम

तुम मुझे मेरे बचपन के नाम से पुकारो
नाम जो कहीं लिखा नहीं गया
जिसके आगे-पीछे कुछ जोड़ा नहीं गया
बल्कि अपनी –अपनी मर्ज़ी से जिसे
तोड़ा और मरोड़ा गया
सब कहते हैं कुछ नहीं जाता साथ
ग़लत बात
मेरे अपने मेरे बड़े जब गए
दुनिया से नियम ये तोड़ के गए
बचपन का नाम भी मेरा साथ लेते गए
तुम इस ग़लती को सुधारो
मुझे मेरे बचपन के नाम से पुकारो

बापू तुम्हारे देश में

धंधे सफ़ेद काले चलाकर
देश ही को सजाकर
शोकेस में
लगा बोली बोलकर बोल बड़े
अपनी पर अड़े
अनशन आन्दोलन सत्याग्रह
पाकर खोकर सत्य को
अहिंसा दूर ही रहती
सजल भारत में
निर्जला नदी
देश-प्रेम की बहती
कोटि-कोटि आत्माएँ
आर्त इस परिवेश में
बापू तुम्हारे देश में।

मैं पिता

पिता नहीं रहे जिसने भी कहा मैंने उसे हैरत से देखा
माँ को कोई ढाँढ़स बँधा रहा था
जो होना था हो गया जो खोना था खो गया
मुझे नहीं लगा कुछ भी खोया सा
न ही भीतर लगा कोई रोया सा
लोग ये कैसी बात करते हैं
भला पिता भी कभी मरते हैं
मेरे चेहरे में चेहरा उनका
मेरी बोली में लहज़ा उनका
मेरी आँखों में उनकी चितवन
माँ तो यहाँ तक कहती है
कि मेरा कहते-कहते रुक जाना
बेवजह सब के आगे झुक जाना
देखना दूर तक दिखने के लिए
मगर भीतर ही भीतर खो जाना
...उनसे उनका ज़िंदा सब कुछ पाकर
हम रहें और कहें कि वे नहीं रहे
मगर ये मातम ये दुःख
मलिन है सबका मुख
उधर भूमि पर कोई सोया है
तय है कुछ तो खोया है
उनके नाम पर मरा मेरा बचपन
उनके नाम पर जला किशोर अल्हड़पन
उनके नाम पर बही गंगा में मेरी मासूमियत
वे मुझमे ज़िंदा हैं
सच तो ये है हम जिसे अहम् के साथ हम कहते हैं
उसमें हम कितने कम रहते हैं
ज़्यादा से ज़्यादा तो हममें हमारे माता-पिता ही रहते हैं।

मौत

यही सवाल तंग करता है
क़र्ज़ के डर से किसान ही क्यों मरता है
जब वसूल नहीं पाते बड़ों-बड़ों से
उखाड़ नहीं पाते भ्रष्टाचार को जड़ों से
क्यों रोज़ नए नियम बनाते हैं
इतिहास रच दिया हो ऐसा दिखाते हैं
पुराने जख़्म जब नासूर बनते जाएँगे
देश की सेहत को आप कैसे सुधार पाएंगे

मज़दूर

उसे नींद में चलने की बीमारी है
जागा हुआ वह चल नहीं सकता
चलाया जाता है
यंत्रवत्
बोझा ढोने में बीज बोने में
सड़क बिछाने में मलबा उठाने में
पीठ से चिपके हुए पेट में
शिशु जब चिल्लाता है
कोई माँ नहीं आती
धाय भी नहीं
हाय!
शक्ति जब चुक जाती है मशीन रुक जाती है
थककर सो जाता है
अब वह हो जाता है
इंसान
अब शुरू होता है उसका चलना
ख़्वाब में होता है अन्नपूर्णा से मिलना
रम्भा उर्वशी के साथ खिलना
टहलना नवाबों की तरह हाथ में गुलाब लेकर
आप लाख कहें उसे नींद में चलने की बीमारी है
जागा हुआ जो चल न सके नींद में चलना उसकी लाचारी है।

ईर्ष्या

मैं चिंगारी नहीं हूँ
न हूँ शोला
और न अंगारा
कभी किसी ने मुझे
ज्वालामुखी कहकर भी नहीं पुकारा
फिर वे मुझसे क्यों जले
बिलकुल प्राकृतिक है
जो ज्वलनशील हैं जलते हैं
क्या है उनमें जो जलता है
ख़ुद को सूरज से तौलते हैं
नतीजा
भीतर ही भीतर खौलते हैं
सूरज जिसे तुम कहते हो आग का गोला
कभी किसी बदली से अकड़कर नहीं बोला
छाती है वजूद पर छाने देता है
उसने कभी पंछियों के पर नहीं जलाए
मँडराते हैं मँडराने देता है
सूरज जिसे तुम कहते हो आग का गोला
उसने कभी अकड़कर तुम्हारा द्वार नहीं खोला
चंद सुराखों से
जिन्हें तुम मूँद न सके
झाँककर
एक और सुबह लाया हूँ
नरमी से कहता है
दहक रहा है फिर भी बहता है
सूरज जिसे तुम कहते हो आग का गोला
ज्वाला होकर भी ज्वलनशील नहीं है
इसीलिए अब तक राख नहीं हुआ

बिलकुल प्राकृतिक है
जलकर जो भी जलता है
राख होता है
तुम अगर नहीं चाहते हो राख होना
ज्वलनशील मत होना।

आँसू

आज हम अपने और पराए
आँसुओं के फ़र्क़ पर चर्चा करेंगे
आँख के पानी पर थोड़ा ख़र्चा करेंगे
संवेदना सो गई या मर गई पता नहीं
अपनी छोटी सी गागर को सागर समझते
आँसुओं को हमने बस यूँ जाना
अपनी आँख से गिरे तो मोती
पराई से गिरे
तो खारा पानी
नए ज़माने के हम
मगर आँख वही पुरखों वाली
थोड़ी सफ़ेद थोड़ी काली
रोशनी में सिकुड़ती अंधकार में पसरती
दुनिया में फैले पाप और अनाचार पर
कभी साथ बैठकर रोते
अपनी छोटी सी गागर से निकलकर सागर में खोते
तो आँख को अच्छा लगता
उसे अपना होना सच्चा लगता
अपने और पराये आँसुओं का फ़र्क़ जब मिटेगा
दुनिया में दर्द कहाँ टिकेगा

हिसाब

वो जो ज़िंदा है इस अर्थ में
कि मौत को टाल देता है रोज़
मुझसे ज़िन्दगी का हिसाब माँगने लगा
उसे लगा ज़िंदगी मेरे पास भरपूर थी
मौत अनुमानतः दूर थी
मगर हिसाब
वह भी ज़िन्दगी का
ये कैसा सवाल
हम बेहोशी में जीने वाले
अमृत को पानी की तरह पीने वाले
जिन चीज़ों का रखते हैं हिसाब
जीवन को उनमें नहीं माना
साँसों का मोल नहीं पहचाना
वह जो मौत को टाल रहा था रोज़
उसने लगाया था हिसाब
पानी का बुलबुला नहीं है
ख़ज़ाना है
साँसे पूँजी हैं
वह जो मौत को टाल रहा था रोज़
लगा चेताने
होश से जियो ताकि माँगने पर
दे सको हिसाब
क्योंकि मौत जिसे मैं टाल देता हूँ रोज़
ज़रूरी नहीं कि तुम टाल सको एक भी रोज़

भारत

उस राह पर जाने दो मुझे
मेरे गंतव्य तक जो जाती है
उस भीड़ में खोने दो मुझे
मेरा अस्तित्व जो वृहद् बनाती है
तभी तो पहुँच होगी मेरी
इस छोर से उस छोर तक
मैं इन दो छोटे हाथों से
दुनिया को समेट नहीं सकती
आसमान को छू नहीं सकती
मुझे इन्हें हज़ार लाख करोड़ बनाना होगा
ताकि हिंसा आतंक विस्फोट जब भी हो
मुझे मुझमें ही हुआ लगे
शांति और प्रेम की बयार जब भी कहीं बहे
मुझे मुझमे ही बही लगे
हाड़ मांस की देह को जीवंत भारत बनाने को
उस राह पर आने दो मुझे
मेरे गंतव्य तक जो जाती है
मुझे सिर्फ मैं होने से बचाती है।

पूजा

मेरे हाथों में दीपक है
अगरबत्ती है
मन में उठ रहा धुँआ
और होठों पर आरती के बोल
मेरी दशा को मेरी भक्ति से मत तौल
कठिन उपवास और तीर्थ मेरे बस में नहीं
तुझसे कुछ न माँगू मेरे बस में नहीं
मेरी सरल सी पूजा
छोटा सा व्रत और दो चार दोहे
मेरी आस्था रूपी वाटिका के फूल हैं
इन्हें स्वीकार करो।

आसक्ति

टूटी चारपाई पर पड़ा पड़ा खाँस रहा था
उसका बुढ़ापा जाने कब से आसमान ताक रहा था
पुतली से झाँकती हुई आत्मा कुछ तलाशती सी थी
तारों के उस झुरमुट में
उसे अपना अस्तित्व नज़र आने लगा था
वहाँ तो धर्मराज का राज होगा
जिस पेट में भूख उस मुँह में दाना होगा झुर्रियों से नहीं
कपड़ों से बदन ढँका होगा
और ये टूटी चारपाई इसकी जगह सुन्दर बिछौना होगा
तभी उस नरकंकाल ने करवट ली
चारपाई की चरमराहट ने स्वप्न भंग कर डाला
मगर मेरा खाँसी का काढ़ा
यह तो यहीं का यहीं रह जाएगा
जर्जर ही सही अपनी काया से विछोह कैसे सहा जाएगा

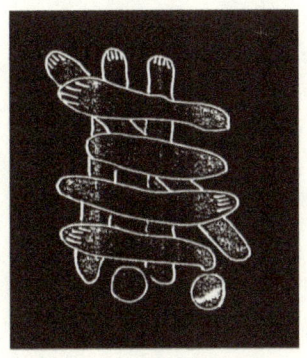

ख़बर

आज के अख़बार में पढ़ी है
बारहवीं की बच्ची के अपहरण की ख़बर
फिर लड़कियाँ ट्यूशन निकल गईं
मैं काम में लग गई
बेतरतीब फैला था सब
कपड़े जूते किताबें वगैरह
सब जमाया अपनी अपनी जगह
सिवाय अख़बार के
उसे तो क़ायदे से तहाया भी नहीं
पंखे के नीचे पड़ी फड़फड़ाती रही
बच्ची के अपहरण की ख़बर
करती रही ख़बरदार
लड़की का अपहरण फिर... उसके बाद
आती रहीं दिमाग़ में तस्वीरें भद्दी और खौफ़नाक
दो घंटे बाद
उसे भी तहाकर रख दिया पुराने अख़बारों के साथ
लड़कियाँ अब ट्यूशन से आ चुकी थीं।

बाबा

ऊँचे आसन पर बैठ
लाखों लोगों को बना चेला
सत्ता सँभाले अकेला
होगा कोई बाबा
बाबाओं की धरती पर
लगे मेला
खींचता चीर
फिर चीर डालता
भारतमाता का उदर यहाँ
तुमको दीखता बस ग़दर यहाँ
शास्त्र स्वाध्याय से दूर
सनातन
बनने को आतुर अधुनातन
जो मन हो करना
जिस बाबा के पीछे चाहो चलना
ख़बरदार
बाबा के नाम में न हो राम
जैसा कि चल पड़ा है सिलसिला
इसे अब और लम्बा मत करना।

अस्पताल में मासूमों की मौत

सावधान!
जो आक्सीजन जा नहीं सकी थी
मासूमों के फेफड़ों में
घूम रही है वायुमंडल में
कुपित दुर्वासा की तरह
श्रापित जल लिए कमंडल में
वह आक्सीजन
क्योंकि हो चुकी है व्यवस्था विरुद्ध
और अत्यंत क्रुद्ध
अच्छा हो सभी अपनी पीठ पर
अपनी आक्सीजन ढोएँ
कल को कुछ हो जाए तो फिर न रोएँ
पूजनीय अभिजात्यों!
निष्ठावान! आमात्यों!
कुछ आक्सीजन सिलेंडर
तलघरों में सुरक्षित कर लें
क्या पता कल
क्या कर बैठे
यह प्राणवायु
कर दे किसका प्राण अवरुद्ध
क्या पता खेल-खेल में
क्या पता किसी रेल में
आदतन समझ लेंगे हम हादसा।

नया दिन

भोर के पंछी
क्यों चहचहाते हो
क्या कहना चाहते हो
यही कि दिन आया है
एक पूरा नया दिन
पिछली और अगली
दो रातों के बीच से उमगता
इसे अंक में भर लो
इसके हर पल को इस्तेमाल कर लो
जीवन में सबसे जीवंत अगर कुछ है
तो है एक नए दिन का आना
कह कर पंछी उड़ गए
सूर्य नमस्कार के लिए
फिर हाथ जुड़ गए।

प्रार्थना

हे प्रभु माफ़ करना जो भी भूल हो
मेरी प्रार्थना यही है
कि मेरे दोस्तों की प्रार्थना क़बूल हो
मुझे रास्ते में जितने मिलें
उससे अधिक मैं लौटा सकूँ अभिवादन और धन्यवाद
मैं जिनसे प्रायः गुज़रती हूँ
उन बस्तियों को रखना सदा आबाद
मैं अगर भटक भी जाऊँ सुबह
तो उँगली थामकर
पहुँचा आना शाम तक मुझे मेरी जगह
मेरी पूजा में होते हैं आधे-अधूरे श्लोक और अगरबत्ती
स्वीकारना पूरा बचाना आए जब भी विपत्ति
कभी अभाव मत देना इस भाव से
कि अच्छा लिखूँगी स्वभाव से
मैं कवि नहीं कविता मेरी बेचैनी है
मुझे सिर्फ अपनी बात कहनी है
जब भी कुछ देना हो तो लिखती हूँ
बाँटना हो तो लिखती हूँ
खाइयाँ पाटना हो तो लिखती हूँ
हे प्रभु माफ़ करना जो भी भूल हो
मेरी प्रार्थना यही है कि
मेरे दोस्तों की प्रार्थना क़बूल हो

नया साल

सभी हिंदी प्रेमियों को
अंग्रेजी का नया साल मुबारक हो
देश की चिंता में डूबे रहने वालों को
मातृभाषा को 'मदर टंग' कहने वालों को
अच्छे दिनों की चाह में बुरे दिनों की मार सहने वालों को
नया साल मुबारक हो
शिक्षकों से शिक्षण के अलावा सभी काम लेने वालों को
पेड़ मत काटो कहकर लकड़ी का शोकेस रखने वालों को
और गमले में काग़ज़ के फूल सजाने वालों को
नया साल मुबारक हो
आरो वाटर पीने और कार में चलने वालों को
बीपी शुगर के डर से मॉर्निंग वाक करने वालों को
गाय खेत से दूर रहकर असली घी और शुद्ध अन्न की
ख़्वाहिश रखने वालों को
नया साल मुबारक हो
दो सौ फेस्बुकिया मित्रों संग चैट करने वालों को
वाट्सएप पर इधर का उधर फॉरवर्ड करने वालों को
हकीकत में तनहाइयों का दर्द सहने वालों को
नया साल मुबारक हो

40 के बाद

बहनों, चालीस के बाद
ज़िन्दगी सही अर्थों में होती है आबाद
न तो युवतियों की तरह छेड़ते हैं शोहदे
न दादियों की तरह मिलते हैं ऊँचे ओहदे
जिधर भी मन करे फिट हो जाते हैं
अपने जुमले सब जगह हिट हो जाते हैं
नहीं देता अब घर में कोई ताना
बुन लिया है हमने ख़ुद अपना ताना-बाना
मायके ससुराल का भी कम हो गया है ढकोसला
अपना ख़ुद का बन चुका है एक घोंसला
अब न तो पति ही ताव दिखाते हैं
न बच्चे ही मम्मियाते हैं
अपनी मर्ज़ी से दोस्त बनाते हैं
न तो हम रूठते हैं न किसी को मनाते हैं
थोड़ा डाई लगाने में झुँझलाना क्या
उम्र के सच को झुठलाना क्या
लाइफ बिगिन्स विद फोर्टी
अंग्रेजी वाले कहते हैं
हम तो इसे आबाद होना कहते हैं

भाई

मेरा भी ले ले अपना भी रख
भाई तू हिस्सा मत दे प्रेम बनाए रख
दो कमरे बनवा लिए हैं शहर में
बीवी इसी को कहती है घर
मेरा दिल कहता है
जो तेरा है वही मेरा भी है घर
मुझे सिर्फ आँगन की मुट्ठी भर मिट्‌टी दे दे
आँगन तू अपने लिए रख
भाई तू हिस्सा मत दे प्रेम बनाए रख
छोटी सी तनख्वाह में तन को खिलाता हूँ
मन भूखा ही रह जाता है
सब मिलकर एक एक फाँक खाते हैं
और कहते हैं आम खाया है
मैं यहाँ पाउडर के दूध पर गुज़ारा कर ही रहा हूँ
अम्मा की पाली गाय का दूध तू ही चख
भाई तू हिस्सा मत दे प्रेम बनाए रख
अपनी मर्ज़ी से छोड़ा है सबसे कह दूँगा
न बदला हूँ न बदला ही लूँगा
माटी का रिश्ता है राख तक निभाऊँगा
मत देखने आ शहर तू मेरे ज़ख़्म
अपने दिल पर हाथ तो रख
भाई तू हिस्सा मत दे प्रेम बनाए रख

गीत

एक गीत लिखा है
पढ़ूँ या गुनगुनाऊँ !
शब्द चिकोटी काट-काट जगाते हैं
उनके बीच फाहे सी सफ़ेदी है
जिसमें हैं सपनीले रेशे
बुनूँ कोई ख़्वाब या सँभल जाऊँ
सँभलकर सोचती हूँ
फिर सोचकर सँभलती हूँ
गीत लिखा ही क्यूँ
मैंने गीत को या गीत ने मुझे छुआ ही क्यूँ
हो सकता है कभी हुआ हो वादा
अब निभाऊँ या फिर मुकर जाऊँ

जीवन वीणा

माँ तुम इतना क्यों रोती हो
मेरे सर आँचल फैलाकर
तुम मेरे सपने में आकर या फिर मुझे अकेला पाकर
ख़ड़ी सामने हो जाती हो बीस बरस पीछे ले जाकर
ऊँच-नीच मुझको समझातीं हाथों को मटका-मटकाकर
अब अक्सर लेटी रहती हो आखिर इतना क्यों सोती हो
...माँ तुम इतना क्यों रोती हो
पिता नहीं हैं न है भाई
देख अकेला तुम्हें बुढ़ापा जैसे बना कसाई
कुछ का कुछ सुन लेतीं न देता साफ़ दिखाई
जैसे-तैसे करतीं काम नहीं उठातीं ऊन सलाई
उतरी धोती को फैलाकर टुकड़ों-टुकड़ों में धोती हो
माँ तुम इतना क्यों रोती हो
कभी-कभी थोड़ा हँसती हो
जीवन-वीणा की तारों को सुर की साध लिए कसती हो
लाड़, डाँट और ठाट लिए तुम घर के हर कोने बसती हो
माँ तुम अपने आप में पूरी बसी बसाई इक बस्ती हो
इस बस्ती के हर मकान के हर कमरे की तुम ज्योति हो
माँ तुम इतना क्यों रोती हो

विरोध

मैंने हमेशा विरोध किया
मैं कभी नहीं होऊँगी
माँ जैसी
पढ़ी-लिखी-हुनरमंद
सबकी परवाह मगर अपनी ही तरफ़ से आँखें बंद
ये भी कोई ज़िन्दगी है
कभी नहीं बनूँगी मैं इनके जैसी
मैं जब कॉलेज जाने लगी
लेटेस्ट ब्रांड की क्रीम ब्लीच वगैरह घर में आने लगी
मेरी सलाह पर माँ भी आज़माने लगी
उसकी कोशिश होती बेटी जैसी दिखने की
या वह तैयार नहीं थी आगत के स्वागत को
उसने दिन पर दिन नए टोटके अपनाए
शॉर्ट हेअरकट फेशिअल वग़ैरह
वह औरत आज भी मेरी सलाह पर अमल करती है
यह औरत आज भी उसके जैसी होने से डरती है
इतनी जद्दोजहद के बाद भी
वह मुझ जैसी न बनी रह सकी
और इतनी सतर्कता के बाद भी
मैं उसके जैसी दिखने लगी

सैंडविच

माँ की आँखों में हमेशा भरा होता है पानी
क्या यही होती है ममता की निशानी
माँ हमेशा सींचती रहती है
तुलसी गेंदा और गुलाब
जिससे रोज़ पूजा के लिए मिलते रहें फूल
उसका दिन पूजा से होता है शुरू
और संध्या पर ख़त्म
बीच में भरी होती है
उसी परमात्मा की रची दुनिया
जिसे बैरागी कहते हैं जंजाल
और संसारी अपना माल
पर माँ दोनों ही नहीं कहती
माँ तो सिर्फ खटती रहती
एक भरा-पूरा परिवार
माँ के हाथ का बना सैंडविच ही तो है

विदाई

ये विदाई की औपचारिकता थी
मैं गले लगी तुम्हारे
और मैंने तुम्हारे गुलगुले पेट को छू लिया
लगा कि मेरे हाथ छोटे हो गए हैं
बिलकुल नन्हीं हथेलियों जैसे
तत्क्षण
छोटेपन का वह संवेदन
पूरे बदन में दौड़ गया
मैं अब तुम्हारी गोद में आ सकती थी
आँचल से मुँह ढाँप सकती थी
सिर्फ रो या हंस सकती थी
बल्कि यही एक संवाद बचा ही था
मेरे और तुम्हारे बीच
मैं... यानी... सिर्फ़ मैं
तुम.....यानी....पूरी दुनिया

मलेरिया

तुम सारी रात सिरहाने थीं
जब मुझे बुखार आया
मेरे ताप को तुमने थर्मामीटर से पहले ही भाँप लिया था
तुमने सदा ही मुझे भाँपने का काम किया
शरारतें शैतानियाँ फिर उलझनें
मेरे ख़ून में संक्रमण हुआ
जो कि होना ही था
मेरे गिर्द फ़रेब की दलदल में
पलते रहते हैं संक्रामक मच्छर
और मैंने अब तक कूटनीति की
मच्छरदानी लगाकर सोना नहीं सीखा
भर नींद में काटते सताते
रक्त में मेरे होंगे ही कीटाणु
देर तक सोने पर पहले तुम ही मुझे टटोलतीं
मेरी खटिया के गिर्द डोलतीं
रिपोर्ट घोषित करे मलेरिया
इससे पहले तुम कर देतीं
तुमने जीवन की प्रयोगशाला में
अनुभव की सूक्ष्मदर्शी से जाँच लिया होगा

करम

दिन दिन भर भूखे रहकर
कभी निर्जला रहकर
किए उपवास माँगा तो क्या
बस यही कि कोई रुका हुआ काम हो जाए
चढ़ा हुआ उधार चुक जाए
बच्चे अच्छे नंबरों से पास हो जाएँ
पा जाएँ नौकरी चाकरी
किसी का इलाज न रुके
न हारे कोई मुक़दमा घर का मालिक
जैसे तुम्हें पता थीं भगवान की क्षमताएँ
उसके दे सकने की सीमाएँ
तुमने कभी नहीं माँगी अपने प्यारों की अमरता की मन्नत
जो वास्तव में तुम्हारे रक्त में नमक की तरह घुली थी
इस माँग को तुमने आशीर्वाद में बदल लिया और लुटाती रहीं
प्रार्थना में बदल लिया और आर्त-भाव से गाती रहीं
आखिर विधाता को भी विधाता बने रहने के लिए
तुम्हारे करम की ज़रूरत पड़ी

चिंतन

सजे-धजे बाज़ार पेड़ मकान
जंगल खेत-खलिहान
पीछे छूट रहे हैं
मुस्कुराते बतियाते लोग छूट रहे हैं
ये भी एक ट्रेलर है
हम समझ सकें अगर
लेकिन हैं बेख़बर
हम इस क़दर
कि दस का खीरा
आठ में माँग रहे हैं
जिसमें कुछ बँधा नहीं जाएगा
उसी गाँठ को कसके बाँध रहे हैं
भागमभाग की ज़िन्दगी में
चिंतन के पल छूट जाते हैं
भागती ट्रेन में मिल जाते हैं।

ईद

वही चाँद जो आपका है
हमारा भी है
वही हिमालय
वही गंगा पुष्कर और अजमेर वही
जिसने धरती को घेरा है बाँहों में
वही एक समंदर
...जो आपका है हमारा भी है
बरसात के धुले गगन में
सतरंगी धनुष के सातों रंग जितने मेरे उतने आपके
और तो और
आपकी ईद हमारा करवाचौथ
कुछ भी हो
चाँद जो आपका है
हमारा भी है... ईद मुबारक!

ग़रीब

ग़रीबी की दुहाई देने वाला
ग़रीब नहीं लालची होता है
ग़रीब तो कुछ और ही होता है
वो नई शर्ट के अन्दर फटी बनियान पहनता है
अपनी शादी का एक अदद कोट बरातों में पहनता है
आगे की ज़िम्मेदारियों के लिए थोड़ा-थोड़ा जोड़ता है
अपने सपनों को जानबूझकर तोड़ता है
उसका स्वाभिमान उसे ग़रीब दिखने नहीं देता
लालच पूर्ति के लिए बिकने नहीं देता
मगर आजकल ऐसे भी ग़रीब होते हैं
जिनके पास ग़रीबी के बाक़ायदा प्रमाणपत्र होते हैं
लेते ही रहते हैं नई-नई तरकीबों से
भगवान बचाए देश को ऐसे ग़रीबों से...

आज़ादी

काग़ज की तलवारें चूम रहे हैं
अनगिनत सम्राट
सीना ताने घूम रहे हैं
टुच्ची महत्त्वाकांक्षाओं का साम्राज्य
कितना विशाल है
अपना बल और पौरुष
ये ख़ुद उच्चारते
अपनी डफली पर
अपना ही राग अलापते
ख़ुशी है देश में
अब कोई शासित नहीं रहा
सब शासक हो गए
इस वीरों से भरी वादी को
नमन है आज़ादी को
सूचना-क्रांति का युग
पल भर में ग्लोबल पहुँच
एक बड़ी ताक़त
डाटा चोरी का डर
साइबर अटैक की ज़द में सब
एक बड़ी आफ़त
अपना-अपना मुकुट
सँभालें सभी सम्राट
बच्चे गत्ते पर चमक चिपकाकर
बना लाए हैं
जी हाँ यही सूरतेहाल है !
टुच्ची महत्त्वाकांक्षाओं का साम्राज्य
कितना विशाल है।

दरिया

जब मैं वहा आऊँ
तुम कहना
तुम्हें मेरी प्रतीक्षा थी सदियों से
जब से सृष्टि रची थी
तभी से आस लगी थी
कहना
तुम मेरा स्वभाव जानते हो
मुझे सदा से अपना मानते हो
जब मैं वहाँ आऊँ
मेरा हाल-चाल पूछना
मेरे दोनों हाथों को अपने हाथों में लेकर
अपनेपन का भरोसा देकर
'सच सच बताओ' ये कहना
मैं चुप रहूँ तो मेरे निकट आ रहना
मैं यहाँ आई तो हूँ
पर वहाँ की हूँ ये एहसास बना रहता है
मेरे भीतर एक रहस्यमयी दरिया बहता है।

अटल जी को श्रद्धांजलि

अटल गमन कर गये कौन ये रिक्त जगह भर पाएगा
राजनीति में नैतिकता का वो ख़ालीपन आएगा

भारत माँ की संतानों की कौन लिखेगा दबी पीर
धराशायी कर दे कुटिलों को चला मात्र शब्दों के तीर

सत्ता हो या हो विपक्ष सदा देशहित को पूजा
सधी हुई वाणी थी लेकिन नाद पोकरण में गूँजा

तेरह दिन ही सरकार चली ईमान से लेकिन बिक न सके
मौक़ापरस्त गठबंधन को चिमटे से भी जो छू न सके

देश की ख़ातिर जीकर जो फिर देश पे ही मर जाते हैं
नेता भी सैनिक होते हैं जीवन सब अर्पण कर जाते हैं

सच्चरित्र मानवता प्राण-प्रतिष्ठित जिसमें अटल आप देवालय थे
भारत का भाल बने चमके अटल आप हिमालय थे

माँ गंगा विह्वल होगी ही जब फूल आपके पाएगी
भारत की माटी युगों-युगों तक यशगाथा दोहराएगी

अब हम सब आँखें बंद किये हैं आप दिखाई देते हैं
नमन नमन युगपुरुष नमन सगर्व विदाई देते हैं।

अंतिम संस्कार

नहीं ये मृत्यु नहीं
ये है ज़िन्दगी का जाना
केवल पहनने को नया बाना
बुलबुले को लग गई थी काई
और देह की माटी दरकने को थी आई
कौन जाने आँख भर दुःख
ढुलकता था कपोलों से
हृदयतल छलनी हुआ था
प्रिय स्वरों के तीक्ष्ण बोलों से
छपाक छपाक डूब मरी आशा
और तिनका-तिनका
उड़ गया साहस हवा में
न रहा कोई भरोसा जब दवा में
ज़िन्दगी तब कूच कर
जा चढ़ी ज्वालाओं के सिर
आदमी अबोध-सा फिर
पीटता छाती दहाड़ें मारता
मौत आई मौत आई
कह नए इस सफर को धिक्कारता

कोई बताएगा

कोई बताएगा हवा किस जाति की है
किस सम्प्रदाय की नदी है
पहाड़ों का गोत्र क्या है
किस प्रान्त की है बदली
किस धर्म के थे आँसू
प्रेम की लिपि क्या थी
काटो छाँटो फिर बाँटो
अपने मतलब का जहाँ
फिर बचेगा कहाँ
जब बेच दोगे विश्वास
गँवा दोगे मजबूरों की आस
फिर सारे भाषण प्रवचन
साबित होंगे बकवास

कविता की मौत

मर चुकी... सब कहते हैं
मरने दो किसी काम की नहीं थी
अब वक्त कहाँ
संवेदनाओं के साथ ठहरने का
सब कहते हैं
जैसे
आँख का गीलापन
जैसे कीचड़ में बच्चों का कूदना
जैसे चुल्लू से सरकारी नल का पानी पीना
जैसे खा-पीकर आस्तीन से मुँह पोंछना
जैसे अपने से अधिक और के घरों में झाँकना
जैसे नज़र में चढ़ने के लिए
मासूम-सी डींग हाँकना
इन सबके मरते ही
मर गई
कविता
सिसकियों को लावारिस छोड़
भगवान के घर गई

गमन

एकदम मौन भाता
वाणी चाहती विश्राम
शून्य उसको बुलाता
भीतर ही मर रही
भाषा
किनारा कर रही
आशा
किसी का दोष
पूरा होश
नज़र आया न
लेकिन छोड़ देगी
साथ छोटी बात
क़लम मेरी
बड़ी बातों का
बाना ही नहीं था
अभी मैं रिक्त हाथों
कोरी बातों से बचूँ
क्या रचूँ
नमन कर लूँ
मिलूँगी फिर कभी
मौक़ा मिला तो
अस्ताचलगामी सूर्य जैसा
मैं अभी गमन कर लूँ

कविता हर जगह

जैसे कि सब लिखा जा चुका है
सब पढ़ा जा चुका है
समतल हो गई है ज़मीं
चढ़ाइयाँ हैं ही नहीं
या सब पर चढ़ा जा चुका है
आदमी का सयानापन ख़ुद
आदमी को खलने लगा है
बस यही वजह है
कविता तो अब हर जगह है
टीवी मोबाइल वग़ैरह
सब हाथों में खेल रही है
अपने नए कलेवर में
मंचों पर खड़ी है
लदी भड़कीले मेकप और ज़ेवर में
कहना मुश्किल है
विदाई से पहले की दुल्हन है
या एक सहमी हुई नर्तकी है

किसे बचाएँ

बेटी बचाओ
बचपन बचाओ
जंगल बचाओ
नदी बचाओ
पर्यावरण बचाओ
ऊर्जा बचाओ
अपनी हिंदी बचाओ
...आदि आदि
मानवता बचाओ
नैतिकता बचाओ
बाक़ी सब अपने आप बचेगा

नया साल

जब तुमने दी नए साल की हमें बधाई
याद पुराने सालों की हमको आई
एक साथ मिलकर रहने की कोशिश में
कितना ही तक़रारें तक़रीरें करते
बूढ़ी माँ की आँखों के आगे हरदम
सुख-दुःख के संगी होने का दम भरते
नातेदारों ने इनकी क़समें खाईं!
याद पुराने सालों की हमको आई
चले गए सालों के साथ
सभी के सपने अपने
पूरे करने थे सबको अरमान
और अपनों के सपने
कहीं छूटने लगी नाल नाभि और माई
याद पुराने सालों की हमको आई।
सबके अपने छोटे थे जो बड़े हो गए
और बड़ों के छोटों में सब मगन हो गए
जो छोटा था सो छूटा उसकी वो जाने
जी छूटा अब अपने तो आराम हुए हैं
समय के मत्थे दोष धरे है रामदुहाई
याद पुराने सालों की हमको आई

सुनो औरतों!

औरतों बिना जिए मत मरना
ज़िन्दगी मजबूरियों के हवाले मत करना
औरतों बिना जिए मत मरना
झाड़ देना बेवजह मिले तानों-उलाहनों को
पोंछ लेना मन दर्पण पर जमी अनमनेपन की धूल
ख़ुशनुमा पलों की तस्वीरें
सजा लेना घर की दीवारों पर
मन जब उदास हो
किसी बचपन की सहेली से बात करना
औरतों बिना जिए मत मरना
हम जड़ों से कटकर दूसरी मिटटी में
रोपी गई हैं
कभी-कभी मिट्टी को लगता है
हम उन पर ही क्यों थोपी गईं हैं
कोई नहीं झाँकेगा जब मन के सूने आँगन में
ख़ुद अपना साथ अपने को देना
कोई शौक़ पुराना .....उठाना.....पूरा करना
औरतों बिना जिए मत मरना
कल माता-पिता के पास थीं तो
किसी और की अमानत थीं
कल बेटों के पास होंगी तो शायद बोझ
तेरे किरदार पर नई कहानी है रोज़
माँ पत्नी बेटी बहू या बहन
ख़ुद को ख़ुद के साँचे में भी कभी फिट करना
औरतों बिना जिए मत मरना।

घड़ी

घड़ी की टिक-टिक देती है सुनाई
घड़ी देती है दिखाई
समय
तू भी तो दिख
दिल की धक् धक्
होता एहसास
साँस जुड़ती-सी आस
ज़िन्दगी तू भी तो बैठ पास

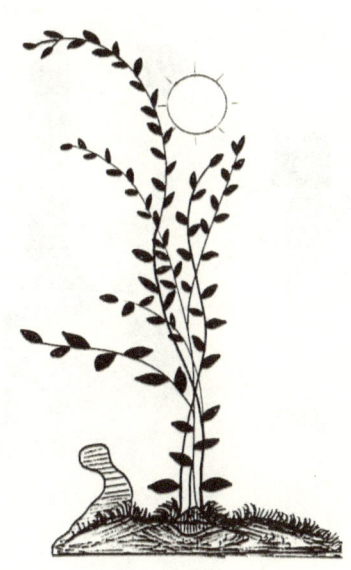

मन

नहीं ये चोरी नहीं
बिना किसी नाम या पहचान के
जैसे मनभेदी स्वर होते हैं
प्रार्थना या अज़ान के
हमने ख़ुद की थीं लिखकर
पंक्तियाँ हवाओं के हवाले
जिसका मन करे उठा ले

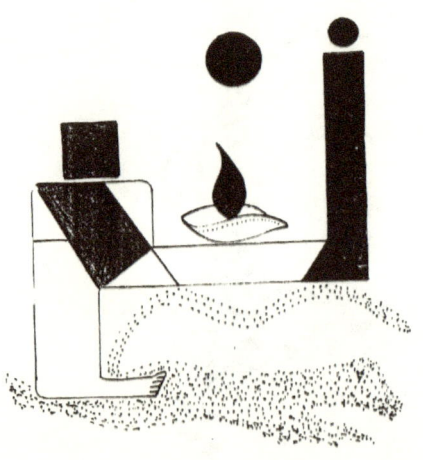

भाग्य अपना

भाग्यशाली हैं वो
जिनके पास
अभी भी गाँव हैं
गाँव का घर है खेत है
और खेती का जज़्बा भी
अबके जाओ तो देखना
कैसे ज़मीन शहर तक आते-आते
सड़क बन जाती है
हरियाली त्याग कर
धूसर परिधान ओढ़ लेती है
कैसे रौंदी जाती है पलपल पहियों तले
अबके जाओ तो देखना

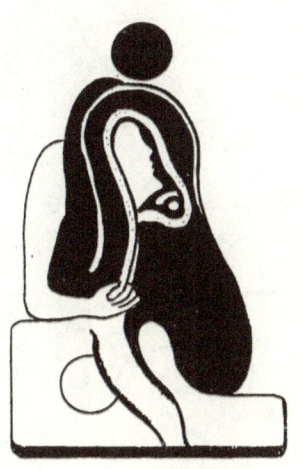

नेता वही

नेता वही जो केवल आश्वासन देता हो
चालाकी से अपने कहे से पलट लेता हो
पूरी न कर सके चाह कोई फिर भी सबका चहेता हो
नेता वही जो बिना भीगे नहा लेता हो
राजनीति फिल्म का सुपरहिट अभिनेता हो
कलयुग-सा चरित्र मगर दिखने में त्रेता हो
डूबी बस्तियों के चित्र हेलिकॉप्टर से लेता हो
थोड़ा नीचे झुककर केवल हाथ हिला देता हो
नेता वही जो दिलासा दे आस का समंदर दिखा देता हो

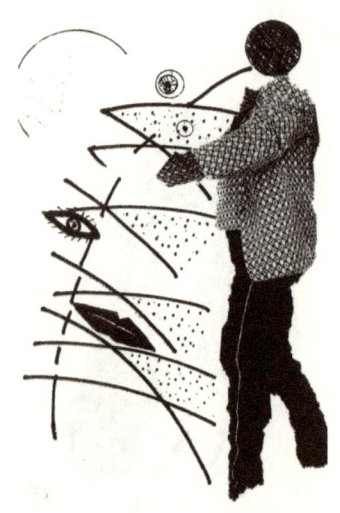

बुद्धिजीवियों

सबकी सोई आत्माएँ जगाने वालों
धर्म की ध्वजा धारने (?) वालों
वक्ताओं प्रेरकों गुरुओं
समाजसुधारकों विज्ञापनकर्ताओं
दार्शनिकों शिक्षकों पथप्रदर्शकों
स्वयंसेवकों बुद्धिजीवियों कवियों
कृपया हमें अपने आपको सुनने दो
ग़लती के बाद पश्चाताप में गलने दो
अपनी अंतरात्मा के प्रकाश में चलने दो
छिलने दो आत्मग्लानि में बेदाग़ चमकने दो
'आत्मदीपोभव' घटने दो
इस मार्ग का अतिक्रमण मत करो
दृष्टान्तों की झड़ी मत लगाओ
आदर्श प्रस्तुत मत करो
भगवान से डरो
कोई दूसरा व्यवसाय करो
कोई किसी के जैसा बन भी कैसे सकता है
धरती भर इन्सान बनाने वाले ने
एक भी साँचा नहीं बनाया

बापू तुम्हारे देश में

धंधे सफ़ेद काले चलाकर
देश ही को सजाकर
शोकेस में
लगा बोली बोलकर बोल बड़े
अपनी पर अड़े
अनशन आन्दोलन सत्याग्रह पाकर
खोकर सत्य को
अहिंसा दूर ही रहती
सजल भारत में निर्जला नदी प्रेम की बहती
कोटि कोटि आत्माएँ आर्त इस परिवेश में
बापू तुम्हारे देश में

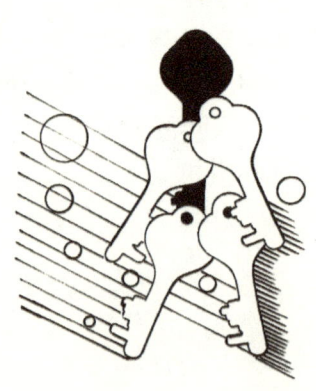

एक कविता

(उठो लाल अब आँखें खोलो से प्रेरित)

बचपन के दिन खो जाते हैं
लेकिन याद बहुत आते हैं
अम्मां का मुझको सहलाना
और धीरे से झुककर गाना
उठो लाल अब आँखें खोलो
पानी लाई हूँ मुँह धोलो
मैं अब तक जो उठ जाती हूँ
बिना अलार्म जग जाती हूँ
समय घड़ी सब कुछ तुमसे है
सोना जगना सब तुमसे है
बदली घड़ी कलेंडर बदला
काया ने भी चेहरा बदला
क्यों इतना लेटी रहती हो
बस ताना देती रहती हो
बिना समय के सो जाती हो
बीते दिनों में खो जाती हो
शेष है जीवन आँखें खोलो
पानी लाई हूँ मुँह धो लो

उपासना

ईश्वर की नहीं
सुखों की उपासना हम करते
करते रिक्त नहीं कभी मन को
सदा आसक्त रहते
आरती में गाते
आर्त भाव माँगों के अनेक
नहीं कभी तृप्त रहते
ईश्वर की नहीं
सुखों की उपासना हम करते।
हमारे नेह की बूँदें हैं कोरों में
जुड़े हैं तार देहों से
संदेहों में
घिरे सदा हम भयभीत रहते
ईश्वर की नहीं
सुखों की उपासना हम करते।
देव-दानव का बने हम युद्धस्थल
भेद डाले चाहतों ने मर्म-स्थल
मगर पाने को पूजा
देवों का यहाँ
स्वाँग हम भरते
ईश्वर की नहीं
सुखों की उपासना हम करते

तुम्हें तुम्हारी गीता

लो मेरे गुण और अवगुण सब समर्पण
ये तुम्हारी सृष्टि है मैं मात्र दर्पण

मैं नहीं हूँ सत्य या असत्य कुछ भी
मैं नहीं सौभाग्य या दुर्भाग्य कुछ भी
मैं तो हूँ इक बानगी निर्माण की
तुम बने हो जिसके कण-कण।

है नहीं काला उजाला यहाँ कुछ भी
जन्म देना पालना न तथ्य कुछ भी
जहाँ तुम अमृत-कलश लेकर खड़े हो
मैं वही देवासुर-संग्राम का रण।

नहीं नैतिक या अनैतिक मुझमें कुछ भी
नहीं धर्म या अधर्म का अनुसरण कुछ भी
मैं उसी रथ की विरथ अज्ञानता हूँ
जहाँ अर्जुन सुन के गीता लड़ रहा रण।

न तो साधे हैं यहाँ पर स्वार्थ कुछ भी
न मुझे सूझे यहाँ परमार्थ कुछ भी
मैं उसी शबरी के आश्रम की हूँ बेरी
कि जिसके जूठे बेर भी तुमको ग्रहण।

भाग 2

गीत

नन्हा-सा लाल

नन्हा-सा लाल बनके माँ तुझसे लिपट जाऊँ
आँचल को नहीं छोड़ूँ गोदी में सिमट जाऊँ।

तुम अपनी खाट पर ही रखना मेरा बिछौना
चाहूँगा साथ तेरा लूँगा नहीं खिलौना
मैं दूर तक गया हूँ मुमकिन है थक के आऊँ।
आँचल को नहीं छोड़ूँ गोदी में समा जाऊँ।

उँगली को छोड़ के मैं आगे तो बढ़ गया हूँ
तुझसे बिछड़ के जैसे सूली ही चढ़ गया हूँ
पीछे जो मुड़ के देखूँ तुझको ही खड़ा पाऊँ।
आँचल को नहीं छोड़ूँ गोदी में समा जाऊँ।

दिल को लगे हैं झूठे ये आज के तमाशे
फिर जन्मदिन पे खाऊँ तेरे हाथ से बताशे
तू लोरियाँ सुनाए मैं नींद में मुस्काऊँ।
आँचल को नहीं छोड़ूँ गोदी में समा जाऊँ।

ये तुझमें मुझमें कैसी दीवार बन गई है
जैसे कि धड़कनों की साँसों से ठन गई है
अंतिम जो साँस आए मैं उसके पहले आऊँ।
आँचल को नहीं छोड़ूँ गोदी में समा जाऊँ।

विदाई गीत

बुलाने लगी पिया की गली
बाबा को संदेसा देना माई मैं चली।

नए-नए नामों से मुझको पुकारती
काँटे चुभें न पग में रास्ता बुहारती
लगी है मनाने में हवा मनचली।

न तो मुँह लगी वो मेरे न वो साथ खेली
खींचती है हाथ जैसे हो कोई सहेली
चाँदनी चली जैसे चोरनी चली।

लोग बिन तीरों के निशाने को बेधते
पुरानी ही बातों में बात नई देखते
सुनाते खरी मुझको लगे मसखरी।

बचपन हमारा तेरे अँगना रहेगा
तोतली सी बानी में कहानी कहेगा
कैसे कली-सी चटकी कैसे पली।

वतन की राह

जो वतन की राह में नमन नहीं करेंगे
हमवतन वो होने का दम नहीं भरेंगे।

धूल के हैं फूल ऐसा यहाँ चमन है
एक माँ है अपनी लाखों करोड़ हम हैं
इसकी आन पर जो ख़ुद ही नहीं मरेंगे
हमवतन वो होने का दम नहीं भरेंगे

इनका हुनर तो देखो लोगों को बाँटते हैं
बोलते नहीं हैं कुछ लोग काटते हैं
अपना घर ढहाने से जो नहीं डरेंगे
हमवतन वो होने का दम नहीं भरेंगे।

बीस तीस पचपन कितने बरस जिया है
जितने बरस जिया है लिया है बस लिया है
कल को कुछ भी खोने का ग़म नहीं करेंगे।
हमवतन वो होने का दम नहीं भरेंगे।

प्रभु वंदन

क्यों न अन्तस् में मेरे जलाए दिए
मेरे मालिक ये जीवन दिया किस लिए।

छोड़ दुःख अपना औरों का दुःख देख लूँ
और के सुख में मैं अपना सुख देख लूँ
क्यों न अंतस में ऐसे झरोखे दिए
मेरे मालिक ये जीवन दिया किस लिए।

झूठ हो लोभ हो या अहंकार हो
एक पल में जला राख कर दूँ इन्हें
क्यों न अंतस में ऐसे शोले दिए
मेरे मालिक ये जीवन दिया किस लिए।

लोग भटकाएंगे हम भटक जाएँगे
नैन मूँदे भला हम किधर जाएँगे
क्यों न अंतस् में तूने इशारे किये
मेरे मालिक ये जीवन दिया किस लिए।

अपने हीरों को कंकड़ बताऊँगी मैं
पाप और छल यहाँ कर ही जाऊँगी मैं
क्यों न अंतस में प्रज्ञा के मोती दिए
मेरे मालिक ये जीवन दिया किसलिए।

छुप तो जा रे चाँद

छुप तो जा रे चाँद
जागती है ज़िन्दगी सो गया इंसान

छुपी है झाड़ियों में जो हवा वो सुबह बह लेगी
खिड़कियाँ खुल के दिल की बात गलियारों से कह लेंगी
जहाँ तक रात फैली है वहीं तक मौन हैं दिनमान

फ़लक पर छा गई बदली कहाँ हरदम बरसती है
वहाँ तक थी कभी नदिया जहाँ अब रेत तपती है
कभी लहरों को छूने के हमारे भी तो हैं अरमान

हवा के साथ कहना मेरे कुछ पैग़ाम ले जाए
मेरी साँसों की पूँजी का भी कुछ तो मान रह जाए
मेरे पल्लू में गठिया कर बँधे हैं अनकहे फ़रमान
छुप तो जा रे चाँद।

दशहरा

सज्जनों के धैर्य की परीक्षा है
राम के अवतार की प्रतीक्षा है

यूँ भटक रहे हैं धर्म की तलाश में
पत्थरों को पूजते हैं तेरी आस में
व्याकुलता छाई है हर उसाँस में
राम के अवतार की प्रतीक्षा है

सभ्यता का रोज़ क्षरण हो रहा यहाँ
जानकी का रोज़ हरण हो रहा यहाँ
सत्य बनके कुम्भकरण सो रहा यहाँ
राम के अवतार की प्रतीक्षा है

आज की अयोध्या ये देख है उदास
पुत्र दे रहा है अपने वृद्ध को वनवास
दशानन के हो गए हैं शीश अब पचास
राम के अवतार की प्रतीक्षा है।

एक गीत

मेरे गीतों में कुछ बोल हैं प्यार के
सुर में आए हैं पीड़ा लिए ही लिए।
बंद मासूम है पंछियों की तरह
पंख में फड़फड़ाहट लिए ही लिये।
मेरी बगिया के फूलों की गुस्ताख़ियाँ
पत्तियों को हवा में उड़ाती कहीं
झरते पातों को देखेंगे अब उम्र भर
अपनी आँखों में सावन लिए ही लिए।
सीरतों के लिए सूरतों के लिए
गीत गाए गए मूरतों के लिए
चाँद पर चहलक़दमी पे हम गा रहे
पेट में भूख अपनी लिए ही लिए।
जिसमे खेले थे उस पेड़ की छाँव को
ढूँढ़ते हैं यहाँ अपने ही गाँव को
हर गली हर डगर हो गई है शहर
गाँव सीने में अपने लिए ही लिए।
भाव में भीगे गीतों की मजबूरियाँ
अर्थ पर शब्द की ज़्यादती देखिये
मर मिटे या मिटा के रहे यार को
नाम प्रेमी ही होगा जहां के लिए।

अरमान

आसमान से नफ़रत बरसी
आग लगी है हर बस्ती में।
अरमानों की गठरी लादे
रहने जाएँ किस बस्ती में।

जब-जब हमने दिया जलाया
ज़ुल्म हवाओं ने है ढाया
मन में ढलती साँझ लिए हम
रहने जाएँ किस बस्ती में।

खेतों की उम्मीद जहाँ थी
मीलों फैली रेत वहाँ है
प्रेम के पंछी भूखों मरते
कहने जाएँ किस बस्ती में।

अपनों में वो बात कहाँ है
ग़ैरों से आबाद जहां है
घातों से विश्वास बचाकर
रहने जाएँ किस बस्ती में।

धरती के टुकड़े-टुकड़े पर
घर कितने आबाद हुए हैं
धरती ही आबाद नहीं है
रहने जाएँ किस बस्ती में।

आस

छाँव का छलावा देके
देके आस सावन की
ले गया है कोई देखो
धूप मेरे आँगन की।

चमका तो होगा सूरज
कहीं परदेस में
तपाने लगी है तन को
हवा इस देस में
दिशाओं में गूँज सी है
बिरहा के गायन की।

अँधेरों से बोलती मैं
अम्बर निहारती
भोर को जलाऊँ दीप
और गाऊँ आरती
सोई-सोई भावना है
देवता जगावन की।

मेले सी लगे ये दुनिया
हो रहे तमाशे हैं
अँजुरी में पानी है और
झाग के बताशे हैं
रूप या कुरूप है
है मगर लुभावन-सी।

कोई नहीं जानता
क्यों साँस चल रही है
जिंदगी जिला-जिला के
खूब छल रही है
सुखों के लिहाफ़ में
टीस है भरावन-सी।
ले गया है कोई देखो
धूप मेरे आँगन की।

शक्ति

पर्वतों के शिखर क्या हैं मेरे लिए
एक दिन आसमान पे नज़र आऊँगी
इससे पहले कि घुट-घुट के मर जाऊँ मैं
आज की बेटियों में उतर जाऊंगी।

कितनी दुश्वारियों से गुजारे गए
कितने पत्थर निगाहों से मारे गए
इससे पहले लहू हो मेरी रूह का
लहलहा बालियों में उतर जाऊंगी।

अपने उत्थान की इतनी बातें सुनीं
ख्वाब मेरे भी होने लगे रेशमी
इससे पहले कि लीलें अँधेरे मुझे
चाँदनी-सी फ़लक पै बिखर जाऊँगी।

तुमने रस्ते चुनौती भरे चुन लिए
मैंने पग-पग पे आके जलाए दिए
आज अपनी भी राहों के अवरोध से
करके अनुरोध आगे निकल जाऊँगी।

एक धरती बनी एक अम्बर बना
जैसे मासूम के सिर पे साया ताना
इस तरह सोच के देखना तुम कभी
मैं सभी मुश्किलों से उबर जाऊँगी।

इससे पहले कि घुट–घुट के मर जाऊँ मैं
आज की बेटियों में उतर जाऊँगी।

आतंकवाद

ख़ुशी बेचते हैं ये ग़म बेचते हैं
लगाकर दुकानें धरम बेचते हैं।

मासूम चेहरों की पढ़ के इबारत
गुनाहों की दुनिया में देते हैं दावत
लगाकर ये फेरी कफ़न बेचते हैं।

इनको न पाला है पोसा नहीं है
इनके गणित का भरोसा नहीं है
ये बदले में गोली के सर बेचते हैं।

दुश्मन को सरहद पे ही रोकने को
साजन को अपने कभी लाडलों को
लगता है इनको कि हम भेजते हैं।

हमारे बँधे हाथ होठों पे ताले
हैरान से होके ये दुनिया वाले
सहनशीलता का चरम देखते हैं।

उजड़े घरों की फ़ज़ा कह रही है
धमाकों के पीछे धमक रह गई है
उठाओ क़दम अब कि सब देखते हैं।

तुम्हारा साथ

आया याद तुम्हारा साथ
जैसे हो कल ही की बात

सुबह निकल जाते दफ़्तर
फिर देर शाम लौटा करते थे
हारे थके तो होते थे पर
देख के हमें हँसा करते थे
कितने कोमल थे जज़्बात

क्यों बेटी को सिखा रही हो
चूल्हा चौका और कढ़ाई
इसको करने दो तुम मन की
जितनी करे कराओ पढाई
मेरे सर रखते थे हाथ।

मात- पिता होना क्या होता
अब समझी हूँ तुमको खोकर
सीख लिया हँसकर जीना या
चुप हो जाती हूँ ख़ुद रोकर
ख़ुद से करती ख़ुद की बात।

बरसी होगी कल तुम्हारी
सोच-सोच आँखें बरसेंगी
बेटे तो कुछ करते भी हैं
बेटी सोच-सोच तरसेगी
झोली भरी रिक्त हैं हाथ।

पानी कहाँ

ज्ञानी-विज्ञानी संग योगी और ध्यानी
कोई तो बताए कि कहाँ गया पानी।

ज़ुल्फ़ों में ठहराए बादल घनेरे
आँखों में झीलों और सागर के डेरे
गीतों और ग़ज़लों में कह के कहानी
कोई तो बताए कि कहाँ गया पानी।

बरसेगा पानी भगवान की कृपा से
पूजा ही पूजा में बीते चौमासे
नानी के मुख से अब फूटे न बानी
कोई तो बताए कि कहाँ गया पानी।

नदिया को छोड़ा समंदर को छोड़ा
छाती में धरती की छुपता निगोड़ा
सावन और भादों हुए हैं बेपानी
कोई तो बताए कि कहाँ गया पानी।

बदली के सीने पै है बोझ भारी
अबकी बरसने की आई न बारी
ऊपर ही देखेगी दुनिया दीवानी
कोई तो बताए कि कहाँ गया पानी।

द्विपदी

रामकृपा से जन्मी कविता, पुलकित होते छंद।
नाचा करते कवि के मन में, मुखड़ा हो या बंद।।

निर्मल कोमल भाव से देता, कुदरत के सन्देश।
कवि के मन में कभी न आते, लालच लिप्सा द्वेष।।

उसके अन्दर एक समंदर, वर्तमान हो या हो बीता।
अपना सुख–दुःख छोड़ सदा वह औरों की पीड़ा को जीता।

थोड़े से शब्दों में भरकर बड़ी बात कह जाता।
खनक धमक से भरे गीत दे ख़ुद रीता रह जाता।।

इस कवि को उज्ज्वल छवि को, सभी कहेंगे साधुवाद
प्रभु प्रेरित कवितायें मिलतीं, जैसे मंदिर में प्रसाद।।

प्यार तुम्हारा

दिन के जैसा है न चाँदनी रात जैसा है
प्यार तुम्हारा इक सिन्दूरी शाम जैसा है।

संग होने का बंधन है न खोने का क्रंदन
मिटते-मिटते महकेगा ये जैसे हो चन्दन
पानी पर गिरती बूँदों की आहट जैसा है।

न पलाश ही दग्ध हुए न सरसों ही फूली
मन उपवन की जलवायु सब ऋतुओं को भूली
उड़ते पंछी के पंखों में अम्बर जैसा है।

सँग जीने-मरने के सारे वादे झूठे हैं
छोटी-छोटी सहमतियों के सत्र अनूठे हैं
बिन बोले सब कहने वाली आँखों जैसा है।
प्यार तुम्हारा इक सिन्दूरी शाम जैसा है।

रात –दिन

ज़िन्दगी के साथ कुछ ऐसे कटे हैं रात-दिन
गुँथ गए आटे के संग पानी के जैसे रात दिन।

बंद खिड़की के सुराख़ों से वो बोला झाँककर
नई सुबह लाया हूँ मैं देखो तो खिड़की खोलकर।

नाप कर देता रहा सूरज मेरे हिस्से के दिन।
गुँथ गए आटे के संग पानी के जैसे रात-दिन।

सर्द रातों को हथेली देर तक मलती हूँ मैं
दोपहर को साथ लेकर छाँव में चलती हूँ मैं।

हो न जाएँ सूखकर पत्तों से पीले रात-दिन
गुँथ गए आटे के संग पानी के जैसे रात-दिन।

या तो रखूँगी सिरहाने या रखूँ संदूक में
देखकर मौका बिखेरूँगी खिली-सी धूप में

सबकी नज़रों से बचा रखे हैं थोड़े रात-दिन
गुँथ गए आटे के संग पानी के जैसे रात-दिन।

लूटकर जाने लगा जब वक्त मेरे रात-दिन
उम्र आकर रख गई तब हाथ पर इक और दिन

है वो मालामाल जिसको मिल रहे हैं रात-दिन
गुँथ गए आटे के संग पानी के जैसे रात-दिन।

एक प्रश्न

चंचल चपल किलोल हँसी खोते जाना
ऊपर से हँसना भीतर रोते जाना

त्याग दान शील दया जाने क्या-क्या
छींटे डाल-डाल ख़ुद पर बुझते जाना

दर्प को खोकर मिट्टी-सा होते जाना
फिर समाज-शिल्पी के हाथों में जाकर

मनमाफ़िक़ ममता की मूरत बन जाना
आते-जाते आपका अब उसके आगे

थोड़ा-सा झुकना फिर वापिस तन जाना
पूरे तेज़ ओज गुण यौवन के साथ

बिना हुए माटी की मूरत आदरणीय
क्यों नहीं हो सकती औरत पूजनीय??

लड़कियाँ

उम्र भर महकता रहता है ऐसा ख़्वाब होती हैं
लड़कियाँ गुलाब होती हैं-2

जहाँ से ये गुज़र जाएँ ख़यालों में ठहर जातीं
आँख से ओझल होके भी उलझ आँखों में रह जातीं

नज़र के परदे पर छापा गया माहताब होती हैं
लड़कियां गुलाब होतीं हैं -2

नहीं हाथों में चूड़ी फिर भी खनक छोड़ जाती हैं
कोई नाता नहीं न जाने फिर क्या जोड़ आती हैं

तर्जुमा हो नहीं सकता ऐसी किताब होती हैं
लड़कियाँ गुलाब होतीं हैं -2

घरों में भी बाहर भी इन्हीं से है हसीं दुनिया
धुरी परिवार की हैं ये यही प्यारी सी हैं मुनियाँ

ईश्वर का दिया उपहार लाजवाब होती हैं
लड़कियाँ गुलाब होती हैं- 2

इन्हें इज़्ज़त हिफ़ाज़त और नज़ाकत से सदा रखना
दरिन्दे बन चुके ऐसे परिंदों से बचा रखना

नहीं तो जिस्म पर गिरता हुआ तेज़ाब होती हैं
लड़कियाँ गुलाब होती हैं -2

बिना जड़ों के पेड़

बिना जड़ों के पेड़ हो गए जिनका कोई गाँव नहीं
सिर पर हाथ बुज़ुर्गों का वो पीपल वाली छाँव नहीं

मिलकर काम सभी करते हैं
दुआ सलाम सभी करते हैं
बैरी मित्र परख न पाते
ग़लती करें डपट न पाते
फूलें फलें या मर खप जाएँ
इनका कोई सुझाव नहीं
सिर पर...

होली और दीवाली आती
गर्मी की छुट्टी कट जाती
कोई नहीं कहता कि आओ
अर्सा बीता शक्ल दिखाओ
परिवारी हो गए पाहुने
इनका कोई लगाव नहीं
सिर पर हाथ ...

आ जाओ हम नहीं भगाते
न आओ हम नहीं बुलाते
फ़र्ज़ थे जो भी अदा हो गए
अब हम कड़वी दवा हो गए
संबंधों और अनुबंधों का
इन पर कोई दबाव नहीं
सिर पर ....

मच्छर

भीतर मच्छर बाहर मच्छर
ख़ून चूसने वाले मच्छर।

भन्न भन्न भान्नानें लगते
शाम से बीन बजाने लगते
जिसको देखें उसको काटें
चाहे जहाँ ले जाओ खाटें
नींद के हैं हत्यारे मच्छर
ख़ून...

जहाँ जाओ पीछे पड़ जाते
और चिकोटी काट सताते
कछुआ मच्छर मार जलाओ
या चमड़ी पर क्रीम लगाओ
नहीं हैं डरने वाले मच्छर
ख़ून...

एक चतुर चाचा ललकारें
चाँटा अपने गाल पे मारें
रे मच्छर तू नहीं बचेगा
ख़ून हमारा नहीं पचेगा
हाथ न लगें छकाते मच्छर
ख़ून...

सरकारें कर रहीं उपाय
मच्छर मस्त हुआ बौराय
हम में जो थोड़ा ग़रूर है
ख़ून आपका ही हुज़ूर है
चिढ़ा चिढ़ा उड़ जाते मच्छर
ख़ून...

तुम्हारा सफ़र

जब जब तुम्हें बिदा करती हूँ।
ख़ुद से ये पूछा करती हूँ
कितने अभी सफ़र बाक़ी हैं
कितनी दूर अभी है मंज़िल
निकल चुके होते हो जब तुम
दूर तलक देखा करती हूँ
जब...

कुछ तैयारी तुम करते हो
कुछ तैयारी मैं करती हूँ
भोजन कपड़े और जुराबें
सोच सोच रखा करती हूँ
जब...

जब से जीवन में आए हो
 साथ लगे जैसे साए हो
बैठ अकेली मैं झगड़ों में
अपनी भूल पता करती हूँ
जब...

आँसू जैसा कुछ न बहता
सब आँखों के भीतर रहता
सही सलामत पहुँचो लौटो
मैं बस यही दुआ करती हूँ
जब...

रीते बादल कहाँ गए

बूँदों को इतराते देखा बरखा में हम जहाँ गए
मेरी आँखें ढूँढ़ रही हैं रीते बादल कहाँ गए।

इनकी अपनी भी है हस्ती
आसमान में होगी बस्ती
वहाँ राज इनका चलता है
किसी से न कोई जलता है
आग लगाने वाले पूछें सीधे बादल कहाँ गए

देख के आस तरस खाता है
प्यासा देख बरस जाता है
इनके भीतर जल है ऐसे
दानी के घर में धन जैसे
लेने वाले ढूँढ़ रहे हैं दानी बादल कहाँ गए

ऊपर से जो भी आता है
जीवन घट भर कर लाता है
जीने को जीते जाते हैं
आख़िर में रीते जाते हैं
जान कहाँ पता है कोई
जाकर आखिर कहाँ गए
मेरी आँखें ढूँढ़ रही हैं रोते बादल कहाँ गए।

कविता मेरी सहेली

मत समझना कि मैं अकेली हूँ
अपनी कविताओं की सहेली हूँ।

लगी रहती हूँ घर के कामों में
व्यस्त रहती हूँ ताम झामों में
वक्त बेवक्त भी मचलती है
पर मेरे साथ-साथ चलती है
जब भी आई है साथ खेली हूँ।

भरी दोपहर में साथ देती है
लगूँ थकने तो हाथ देती है
संग बारिश के बरस जाती है
संग बिजली के दमक जाती है
ये है गेंदा तो मैं चमेली हूँ।

मुझे रोने से रोक लेती है
मेरा दुःख ख़ुद में सोख लेती है
कभी लगता था कि नादानी है
अब समझी हूँ बूढ़ी नानी है
ये बूझती है मुझे और मैं पहेली हूँ।

लोग कहते हैं दुखिया लिखते हैं
भाव सब लेखनी को दिखते हैं
कविता तो सबके लिए रोती है
सारा बोझा ये ख़ुद ही ढोती है
इसकी संगत से मैं अलबेली हूँ।

मन का वृन्दावन

लो फिर बीत गया सावन
सूना है मन का वृन्दावन।

मैं टेर लगाती रहती हूँ
तुम देर लगाते रहते हो
हैं कितने जन्म अभी बाक़ी
हे कृष्ण! कहो क्या कहते हो।

आँखों के विषय नहीं बनना
चुपके से आ मन में रहना
बस इतना सा मेरा कहना
जीवन हो जाएगा पावन

एहसास है कि मैं नहीं पात्र
हक़दार नहीं हूँ दीन मात्र
क्या रिक्त रहेगा मेरा पात्र
क्या कृपा करोगे मन भावन?

डेट

डेट पर मेले में चाट के ठेले में
चाट ऐसी खिलाई मज़ा आ गया।

दाँव था होशियारी से फेंका गया
आलुओं को करारा सा सेंका गया
प्याज़ डाली गई मिर्च डाली गई
और चटनी मिलाई मज़ा आ गया।

स्वाद ऐसा था कि भूख जगने लगी
थोड़ी मिर्ची लगी थोड़ी की दिल्लगी
तुमने पानी दिया जाने क्या कर दिया
पूछा फुलकी पिओगी मज़ा आ गया।

धीरे-धीरे गुज़रती रही है उमर
हमको बीपी हुआ तुमको भी है शुगर
आज फिर मेले में चाट के ठेले में
चाट ने है रुलाया मज़ा आ गया।

आँखें

भूल जाएँगे हम तुमको पर याद रहेंगी आँखें
आँख तुम्हारी कहती मेरे बाद रहेंगी आँखें।

इन आँखों में चंदा-सूरज छुपकर आ बैठे हैं
रात दिवस के होने का भी राज़ कहेंगी आँखें

अभी सँभालो दुःख अपना क्यों क़तरा-क़तरा बहना
फिर बैठेंगे साथ कभी फिर साथ बहेंगी आँखें।

भर-भर आतीं फिर फिर रोको इनकी ये बेसब्री
मेरा अनुभव कहता है कि और सहेंगी आँखें।

मुखर हुईं न आज तलक न जाने किसके डर से
मौन तोड़कर वो बातें क्या आज कहेंगी आँखें।

बूँदों के राग तरसे

बूँदों के राग तरसे चन्दन से आग बरसे
आए नहीं सजन तुम सावन गया इधर से।

बादल से गिरता पानी दीवार से बहा है
धरती ने किन्तु सारे आवेग को सहा है।
खिड़की से आए झोंके हैं ढा रहे कहर से

नम हो गईं हवाएँ बारिश की सोहबतों में
सूखे हैं किन्तु परदे देहलीज़ की हदों में
कम्पन से हो रहे हैं न जाने किसके डर से।

बाहर कहीं से ऐसी आवाज़ आ रही है
पूरी प्रकृति जैसे ले साज़ गा रही है
मन राह देखता है बीते हों जैसे अर्से।

दिखते नहीं हैं अब तो अमुआ की डार झूले
नूतन सदी के जोड़े कजरी मल्हार भूले
चढ़ते दिनों में लगते हैं आख़िरी पहर से
आए नहीं सजन तुम सावन गया इधर से।

कविता एक यात्रा

जब मन भावुक-सा होता
भीतर एक बच्चा रोता है।
रोता जाए अँखियाँ मीचे
बार-बार आँचल को खींचे।

तब मैं क़लम उठा लेती हूँ
अपना शीश झुका लेती हूँ।
शब्द आप ही आप उमगते
रुद्ध कंठ से स्वयं सुबकते।

तब कविता ख़ुद को लिख जाती
अपनी छाया-सी दिख जाती
जबसे तरुणाई में आई
मन-तरंग ने कविता गाई

नहीं जानती थी गुण-दोष
कविता मगर रही निर्दोष
सुनें सराहें संगी साथी
जलने लगी हृदय में बाती

कविता का स्वरूप था अगला
धीरे-धीरे जीवन बदला
बदल गए बातों के अर्थ
कविता होने लगी समर्थ

प्रेम के बंद मिलन के दोहे
विरह वियोग सभी कुछ मोहे

फिर सृष्टि के साथ मनचली
रचने को संसार चल पड़ी

कविता ने शैशव को देखा
घर-बाहर वैभव को देखा
कैसे इक स्लेट पर कोरी
कविता लिख गई बनके लोरी

अब तक बँधी हुई है डोरी
कविता मेरे सँग-सँग हो ली।
मंचों पर भी चढ़ना चाहा
रूप सुनहरा गढ़ना चाहा।

मगर मिला न कोई ठौर
देखा कठिनाई का दौर।
पाठक मिला न श्रोता मिला
कविता अब हो गई शिला।

यहाँ अहिल्या झेले श्राप
अपनी नियति भोगे आप।
जाने कब आयेंगे राम
चरण लगें बदलें परिणाम।

पत्थर के भीतर हैं प्राण
कविता माँग रही निर्वाण।
हाँ मैं साथ नहीं छोड़ूँगी
घट है भरा नहीं फोड़ूँगी।

आख़िर में मैं सार लिखूँगी
जीवन उपसंहार लिखूँगी
कविता यानी ख़ुद को कहना
लिखना यानी ज़िन्दा रहना

तुम्हें तुम्हारी गीता अर्पण

लो मेरे गुण और अवगुण सब समर्पण
ये तुम्हारी सृष्टि है मैं मात्र दर्पण

मैं नहीं हूँ सत्य या असत्य कुछ भी
मैं नहीं सौभाग्य या दुर्भाग्य कुछ भी
मैं तो हूँ इक बानगी निर्माण की
तुम बने हो जिसके कण-कण।

है नहीं काला उजाला यहाँ कुछ भी
जन्म देना पालना न तथ्य कुछ भी
जहाँ तुम अमृत-कलश लेकर खड़े हो
मैं वही देवासुर संग्राम का रण।

नहीं नैतिक या अनैतिक मुझमें कुछ भी
नहीं धर्म या अधर्म का अनुसरण कुछ भी
मैं उसी रथ की विरथ अज्ञानता हूँ
जहाँ अर्जुन सुन के गीता लड़ रहा रण।

न तो साधे हैं यहाँ पर स्वार्थ कुछ भी
न मुझे सूझे यहाँ परमार्थ कुछ भी
मैं उसी शबरी के आश्रम की हूँ बेरी
कि जिसके जूठे बेर भी तुमको ग्रहण

श्रद्धांजलि

इक हूक-सी उठती है सीने में और आत्मा रोती है
जब ओढ़ तिरंगा कँधों पर फौजी की काया सोती है।

दे मातृभूमि की सेवा में जिसने बेटे पर किया नाज़
लेकर पहाड़ जैसे दुःख को वो पिता पछाड़ें खाए आज
सूरज पर टूटा अंधकार दीपक ने खोई ज्योति है
जब ओढ़...।

लाखों दिल ग़म में डूबे हैं उमड़े हैं दरिया भावों के
आँखें तो फिर भी आँखें हैं गीले हैं आँचल माँओं के
रोती हैं गलियाँ ज़ार-ज़ार धरती भी धीरज खोती है
जब ओढ़ ...।

ये धरती है बलिदानों की इसमें शोंणित की बसी गंध
ये समर भूमि की कविता है जन-जन की पीड़ा बनी छंद
हर बूँद रक्त की माटी में सौ-सौ वीरों को बोती है
जब ओढ़ .....।

माता-पिता से

मेरे मालिक मेरे आक़ा मेरे मौला ने कहा
अपनी औलाद का तू दिल न दुखा दिल न दुखा।

तोतली बोलियों से तुमको रिझाया उसने
ग़ैर की बोलियों में उसको पढ़ाया तुमने
कभी नौकर कभी आया को थमाया तुमने
अपनी उम्मीद के बोझे से दबाया तुमने
अपनी औलाद का ...।

आके स्कूल से ट्यूशन को चला जाता है
खेल पाता नहीं नादान छला जाता है
कभी चंदा कभी मंगल पे क़दमताल किया
अपनी ही आँख के तारों का बुरा हाल किया
अपनी औलाद का...।

महासंग्राम इम्तिहान दिए लाखों ने
पार जो हो न सके दुःख है उनकी आँखों में
कुछ को अवसाद हुआ कुछ ने तो जीवन ख़ोया
हश्र ये देखके भगवान भी तड़पा रोया
अपनी औलाद ...।

संवेदनाएँ

छू रहीं ठंडी हवाएँ सुन्न हैं संवेदनाएँ।

इस तरह हिलते हैं पत्ते जैसे कि कुछ पूछते हैं
अनुत्तरित प्रश्न से लगते पहेली बूझते हैं
जग न पाएँ भावनाएँ सुन्न हैं संवेदनाएँ।

आँजने बैठी है कोयल आज काजल आँख में
और गौरैया निहारे पत्तियों की पाँत में
गीत हम न गुनगुनाएँ सुन्न हैं संवेदनाएँ।

पालकी जैसी सजी हैं बालकों की टोलियाँ
और वधु-सी आंचलिक हैं तोतली कुछ बोलियाँ
हम तो न पर्दा उठाएँ सुन्न हैं संवेदनाएँ।

कल करेगी गान बिरहा जैसे हो संताप गहरा
कौन इसको दे गुहारें आज का इंसान बहरा
ख़ूब चीखें चिल्लवाएँ सुन्न हैं संवेदनाएँ।

जाति-पाँति के ज़हर से भर दिया है जो कुँआ
पी के पानी उस कुँए का छोड़ती सत्ता धुँआ
आओ हुक्का गुड़गुड़ाएँ सुन्न हैं संवेदनाएँ।

अतिवृष्टि

ऐसे गरज रहे हैं बादल जैसे कि कुछ टूट रहा
अम्बर के हाथों से जैसे हाथ मेघ का छूट रहा।

खेतों की माटी गलती है लज्जा उसे बहुत लगती है
हो जाती है पानी-पानी पहन के चूनर धानी-धानी
आग लगा पानी को दौड़ें ऐसे सावन लूट रहा।

दरवाज़े खिड़की से बोलें ऐसे में न ख़ुद को खोलें
बौछारें हो गईं दबंग हवा लगी है इनके संग
इक चोरी फिर सीनाजोरीजैसे ग़ुस्सा फूट रहा।

ज़ोर से बरसें जैसे क्रोध भाता नहीं इन्हें अवरोध
बच्चे सहम-सहम जाते हैं पागल कहाँ रहम खाते हैं
गाँव हमारा बह न जाए अब तो संबल टूट रहा।

कहने को पानी की धार लेकिन झड़ी मूसलाधार
धड़क रही है छत की छाती धरती काँप-काँप रह जाती
भूल गए धरती पानी का रिश्ता यहाँ अटूट रहा।

रविवार

साँसों का धन धीरे-धीरे लुटता ही जाता है
सात रोज़ तक राह तकूँ तो रविवार आता है।

बुधवार से सोच रही हूँ फुर्सत के पल खोज रही हूँ
कैसे जल्दी बने रसोई कमी है ये कह सके न कोई
आ न जाए कोई मेहमां दिल भी घबराता है।
सात रोज़ तक राह तकूँ तो रविवार आता है।

सबसे पहले उठ जाऊँगी और काम में जुट जाऊँगी
कपड़े जितने मैले होंगे धुल के सारे फैले होंगे
इन्हें देखकर ही तो सूरज उगने पर आता है।
सात रोज़ तक राह तकूँ तो रविवार आता है।

सर्दी की सुबह में अकड़े हाथ चाय का प्याला पकड़े
देर तलक बिस्तर में रहकर छुट्टी है ये सबसे कहकर
काम याद हैं सारे लेकिन आलस भी आता है।
सात रोज़ तक राह तकूँ तो रविवार आता है।

बचपन के दिन खो जाते हैं लेकिन याद बहुत आते हैं
मैं सखियों संग बात करूँगी और साँझा जज़्बात करूँगी
शनिवार की रात को अक्सर ये सपना आता है।
सात रोज़ तक राह ताकूँ तो रविवार आता है।

लड़कियाँ

चाहते हो ज़माना बदलना तो बदलने भी दो लड़कियों को
बंद करके रखा था युगों से आज खुलने दो उन खिड़कियों को।

आसमानों से ऊँची हो आशा, बाँचने दो मुकद्दर की भाषा
खूब बढ़ने दो अब हौसलों को, ख़ुद ही करने दो सब फैसलों को।

व्यर्थ के भय न तुम इनमें भरना, न खुले पंख इनके कतरना
भूल जाने दो मजबूरियों को, नापने दो इन्हें दूरियों को।

याद दुर्गा की शक्ति दिलाना, इनको हिम्मत की घुट्टी पिलाना
दें सफलता की इन सीढ़ियों को, आने वाली नई पीढ़ियों को।

क्या ज़रूरी हैं बेकार रीतें, घर में रहके ही दिल सबका जीतें
जीतने दो इन्हें बाज़ियों को, शिकवा करने भी दो क़ाज़ियों को।

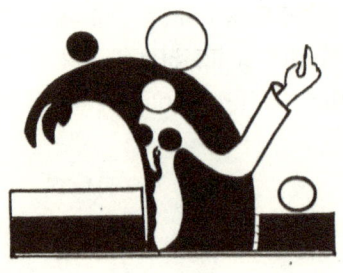

बेटियाँ

हैं आज के समाज से नाराज़ बेटियाँ।
जागो कि दे रही हैं आवाज़ बेटियाँ।

बेटों ने बाँट डाले टुकड़े ज़मीन के,
पूरे शहर को मायका कहती हैं बेटियाँ।

ससुराल जाना जाके फिर हाल पूछना,
बचपन में माँ थी जैसी होती हैं बेटियाँ।

काँधे से मिला कांधा सब ओर बढ़ रहीं,
बस कोख में ही रह गईं लाचार बेटियाँ।

नदियों को कहा मैया और देश को माता,
इस मुल्क की पहचान में नत्थी हैं बेटियाँ।

जादू विज्ञान के

नए पाठ हैं ज्ञान के ये जादू विज्ञान के,
आओ सीखें और सिखाएँ ये जादू विज्ञान के

क्यों फोटो से गिरे भभूत, कैसे भागे भय का भूत
बिन माचिस के आग लगाएँ, पानी में शोले उठवाएँ
करतब हैं सब काम के ये जादू विज्ञान के।

अंगारों पर चलने वाले शर शय्या पर सोने वाले
सब के पीछे है विज्ञान सारे मानव एक सामान
बैरी हैं अज्ञान के ये जादू विज्ञान के।

आग हथेली पर जल जाए हाथ मगर न जलने पाए
कैसे खा लेते हैं शोले लोग बड़े होते हैं भोले
हम हैरान हैं जान के ये जादू विज्ञान के।
आओ सीखें और सिखाएँ ये जादू विज्ञान के।

जीवन कौशल गीत

अपने बच्चों को इक हौसला दीजिये
इनके जीवन के कौशल जगा दीजिये।

इनकी बाली उम्र होती नाज़ुक बड़ी
सामने इनके देखो चुनौती खड़ी
इनके भीतर से डर को भगा दीजिये
इनके जीवन के कौशल जगा दीजिये।

लड़का लड़की में कुछ भेद होता नहीं
चोट लगती है तो कौन रोता नहीं
सोचिये आप ही फैसला कीजिये
इनके जीवन के कौशल जगा दीजिये।

भारत माता बोल रही है

आज धरा फिर डोल रही है भारत माता बोल रही है
पंक्तिबद्ध हो जाओगे तुम झंडा भी फहराओगे तुम
नारे खूब लगाओगे तुम और तराने गाओगे तुम
समझा तुमने मोल यही है भारत माता बोल रही है।

क्या इतना ही धर्म तुम्हारा जाना है क्या मर्म हमारा
पंक्ति से थोड़ा-सा हटकर खड़े अलग हो जाओ डटकर
सोचो आज़ादी का तुमने क्या कर डाला अपनी धुन में
अंतस् आज टटोल रही है भारत माता बोल रही है।

कहाँ हैं मेरी निर्मल नदियाँ कहाँ हैं हरियाली और बगियाँ
पहने पन्नी का परिधान धरा हो रही लहूलुहान
धुँआ-धुँआ सा आसमान है विकसित होने का गुमान है
पोल सभी की खोल रही है भारत माता बोल रही है।

दबे पाँव सीमा पर आकर दुश्मन घुसता दाँव लगाकर
बेगुनाह अपने वीरों को रणबाँकुरों को रणधीरों को
क्या मैं खोती ही जाऊँगी क्या मैं रोती ही जाऊँगी
आँसू पीकर बोल रही है भारत माता बोल रही है।

हिंदी का मुँह बाँध दिया है इंग्लिश को साष्टांग किया है
कितनी ही मर्यादाओं को तुमने खूँटी टाँग दिया है
अपना आप बचा पाओगे अपने नाती-पोतों के
क्या सच्चे दादा बन पाओगे
लिए तराज़ू तौल रही है भारत माता बोल रही है।

साईं वंदन

साईं तेरे चरणों में मैं सब कुछ हार जाऊँ
ये जीवन क्या जीवन है सौ जीवन वार जाऊँ।

मेरे भीतर दहक रही है कामनाओं की ज्वाला
तू ही दहकाता है साईं तू ही बुझाने वाला
आसमान को न छूकर दहलीज तेरी छू पाऊँ।

रिश्ते-नाते नेह के बंधन मन को बहलाते हैं
साधनों पर जीते हैं और साधू कहलाते हैं
ऐसे लाख छलावों की मैं आहूति दे पाऊँ।

बिखरे-बिखरे से रहते हैं भावनाओं के मोती
पल दो पल को उठी चेतना ज़्यादातर ये सोती
ऐसे ही दो चार पलों में सारी उमर बिताऊँ।

देने को उजियारा तूने सूरज रोज़ उगाया
मैं मूरख झोली में चुनकर अंधकार उठाया
कैसे अपनी पलकों पर अब इसका बोझ उठाऊँ।

गागर मेघों की

आने वाले पल में जाने किस पर क्या बीतेगी
मेघों की गागर अबके इस आँगन में रीतेगी

घर में इक छज्जा होगा और छज्जे पर हम होंगे
सामने दिखने वाली गली में लोग भी कुछ कम होंगे
सूखे होंगे हम और हमारी परछाई भीगेगी।

गिरते-गिरते बूँद किसी कोंपल पे ठहर जाएगी
सारी दुनिया हाथ मिलाकर उसपे क़हर ढाएगी
नन्हीं सी इक बूँद यहाँ फिर सागर से जीतेगी।

संघर्षों के रास्ते जब पथरीले ज़्यादा होंगे
आँखों ही आँखों में सपने थककर सो जाएँगे
जाने कब जागेंगे सपने मंज़िल कब दीखेगी।

राखी

देखकर सूनी कलाई आँख न रो पाएगी
डाक से राखी हमारी आपको मिल जाएगी।

हाथ पत्थर हो गए हैं खुरदुरी हैं उँगलियाँ
रेशमी धागे में बचपन की छुअन मिल जाएगी।

गुड़िया की शादी के गहने मैंने भी छुप-छुप के पहने
माँ से पूछोगे तो गेंदा की तरह खिल जाएगी।

इक लिफ़ाफ़े में भरी प्यार की पूँजी है इतनी
उम्र भर खर्चोगे फिर भी ये न चुकने पाएगी।

नाव काग़ज़ की बनाकर सोचने लगती हूँ मैं
ज़िन्दगी में साँझ भी क्या भोर जैसी आएगी।

पापा की याद

जब मेरी बेटी पापा के काँधे पे झूल जाती है
मुझे बाबा की याद आती है अपने बाबा की याद आती है।

ये सोच के घर ये मेरा है मैं दिनभर खटती रहती हूँ
रूठी तो कौन मनाएगा रूठे बिन मनती रहती हूँ
जब मेरी बेटी ज़िद करके अपनी बातें मनवाती है
मुझे बाबा की याद आती है ....

पापा के लाड़ में कभी तो वो हद से आगे बढ़ जाती है
बाँहों में उसे उठाओ तो झट काँधे पर चढ़ जाती है
पायल के घुँघरू जब अपने हाथों से वो छनकाती है
मुझे बाबा की याद आती है....

कुछ बड़ा करूँगी देखना माँ अक्सर वो ऐसा कहती है
पलकों पर नींद चढ़ी रहती फिर भी वो पढ़ती रहती है
अपने रिजल्ट लाकर जब वो हम दोनों को दिखलाती है
मुझे बाबा की याद आती है....

बाबा तुम कितने दूर गए दिल में इक टीस सी उठती है
मैं माँ तो हूँ पर कभी-कभी मुझमें बेटी जी उठती है
जब मेरी बेटी नानी बनकर पापा को समझाती है
मुझे बाबा की याद आती है ....

स्त्री जीवन

पूछो न ग़म के साये में कैसे मैं जी लेती हूँ
थोड़ा-सा ग़म भूल गई हूँ थोड़ा ग़म पी लेती हूँ।

भरी दुपहरी जैसा जीवन सूरज का क्या दोष है
दिन है तो सूरज भी होगा इतना मुझको होश है

सर पे रखके अपना आँचल ख़ुद को साया देती हूँ
थोड़ा-सा ग़म भूल गई हूँ थोड़ा गम पी लेती हूँ

पकी फसल के क्या हैं माने बाली में छिटके दाने
कहने वाले बड़े सयाने कोई माने या न माने

उल्टा उल्टा कहते हैं वो मैं सीधा ही लेती हूँ।
थोड़ा-सा गम भूल गई हूँ थोड़ा गम पी लेती हूँ।

धारा संग सब बह जाएगा नदी यहीं रह जाएगी
डूबेगी न तिर पाएगी किश्ती ये यूँ ही जाएगी।

पानी जब सर तक आ जाए थोड़ा-सा खे लेती हूँ
थोड़ा-सा ग़म भूल गई हूँ थोड़ा ग़म पी लेती हूँ।

मेघों का राज

धरती पे आज हम मेघों का राज देखेंगे
बैठके झरोखे में बूँदों का नाच देखेंगे

सड़क अपना धूल का उबटन बहा रही है
चलते-चलते गाड़ियाँ पथ में नहा रहीं हैं
बिजली के तारों पर झूलती बूँदों में
सावन के झूलों की खोई बहार देखेंगे

अपनी ही बस्ती में कुछ ऐसे भी घर हैं
जिनमें बैठी चिड़िया और चूजों के भीगे पर हैं
छोटी सी डलिया में झूलते गोपाला
और नीचे बह रही गंगा कि धार देखेंगे

बरखा से जूझती ये कौन बढ़ रही है
देखना था पर नज़र छाते पे पड़ रही है
आँखों में काजल और अलकों में बादल होगा
पर हम तो कपड़ों पे कीचड़ की फाग देखेंगें।

पानी की कहानी

पानी की है कहानी प्राणी से भी पुरानी
पानी नहीं है पानी ये तो है ज़िंदगानी।

दो खेप के लिए जो फिरते हैं मारे-मारे
घर में लगाके ताले पैरों में पड़े छाले
उनके लिए तो जीवन बस प्यास है या पानी।
पानी नहीं है पानी ये तो है ज़िंदगानी।

पत्थर के घर में रहकर, पत्थर क्या हो गए हो
पेड़ों से कट गए हो मिट्टी से हट गए हो
सूखा हलक़ लिए तुम माँगोगे किससे पानी।
पानी नहीं है पानी ये तो है ज़िंदगानी

बचपन ने खेल खेला, यौवन न देखे बेला
गागर भरी मिली तो मैला किया है पानी
हुई शाम ज़िंदगी की छनने लगा है पानी
पानी नहीं है पानी ये तो है ज़िंदगानी।

भाग 3

बाल कविताएँ

चलो स्कूल

इधर-उधर मँडराते बच्चों पत्ते तुम्हें बुलाते
हवा चल रही सन सन सन बजती घंटी टन टन टन
राजू केशव रेखा रानी सबको टेर लगाते।
आते-जाते देखें सबको मौन खड़े वो कबसे
लगे वक्त बीता जाता है बोल भी डालो झट से
उठो सवेरे चलो नहाओ बाल सँवारो शाला जाओ
हिल-हिलकर वो करें इशारे छू-छूकर सहलाते।
छुट्टी में तुम मौज मनाओ खेल भी खेलो डटकर
ख़ूब पढ़ो पढ़कर बन जाओ डॉक्टर और कलेक्टर
मैं पत्ता हूँ बिन बस्ता हूँ
होता तो मैं आगे चलता
तुम पीछे रह जाते
पत्ते कहते हमसे सीखो देना और बाँटना
पर-उपकार करो जीवन में जैसे मैं करता हूँ
प्राणवायु सबको देने में भेद नहीं करता हूँ
सर मेडम का आदर करना उनकी बात मानना
बड़ी-बड़ी आँखें उस पर वे चश्मा लगा डराते।

दादी के घर की सीढ़ी

दादी के घर की सीढ़ी
पर बैठी अगली पीढ़ी
यहाँ का आँगन इत्ता बड़ा
बीच में तुलसी घरा खड़ा
एक किनारे बँधी है गाय
मज़ा आए जब कभी रम्भाए
यहाँ नहीं स्कूल का झंझट
न ट्यूशन न डाँट-डपट
खूब खेलते मौज मानते
हाय! मगर दो दिन रह पाते

अम्मा बोल

अम्मां बोल, अम्मां बोल
क्यों है रोटी गोल
क्यों सफ़ेद पड़ा है चेहरा
क्या इसको अफ़सोस है गहरा
डरा रही क्या इसको आग
पड़ गए काले कत्थई दाग़
क्या रहस्य है खोल
अम्मां बोल, अम्मां बोल
क्यों है रोटी गोल
अम्मां बेलन तेरे हाथ
और पसीना माथ
ध्यान नहीं चौका खटका पर
नचा रही हाथ मटकाकर
नाच रही रोटी चकले पर
गोलमगोल मटोल
अम्मां बोल, अम्मां बोल
क्यों है रोटी गोल
क्या होता चौकोर जो होती
होते कोने चार
ज़ीरो अंडा सी न दिखती
दिखती इज़्ज़तदार
बर्फी का टुकड़ा हँसता है
हँसी समोसा भी करता है
तेरे हाथों से बनती है इसीलिए अनमोल
अम्मां बोल, अम्मां बोल
क्यों है रोटी गोल

तरबूजा

तरबूजे की सुनो कहानी, इसमें भरा है पानी
गोल-गोल जैसे कि मटका देखा तो आँखों में अटका
इसकी बड़ी अजब है शान, गर्मी भर का है मेहमान
इसे देख आ जाता है सबके मुँह में पानी।
उठा छुरी इसको दे काटा, बड़ी-बड़ी फाँकों में काटा
काले-काले बीजे ऐसे, आँखें कई उगी हों जैसे
इसको माँगे राजा भैया इसी को माँगे रानी।

मत करना नादानी

प्रगति-पथ पर बढ़ते मानव मत करना नादानी
सुखद भविष्य अगर चाहो तो बचाके रखना पानी।
इसी से धरती का सिंगार,हरियाली का यह आधार
इसी से बनती जीवन रेखा, इसे कई रूपों में देखा
नीला ग्रह कहकर धरती को महिमा इसकी मानी।
कहीं कुँआ है कहीं सरोवर, झर-झर झरता झरना बनकर
कल कल बहता नदिया बनकर, टिप टिप गिरता बूँदें बनकर
बड़ी अपार है इसकी महिमा हमने ज़रा बखानी।
याद करो बरखा के दिन,नाचे मोर धिना धिन धिन
सारे बच्चे आए भागे, बाना पोखरा घर के आगे
काग़ज़ की अब नाव बनाएँ, बिन चप्पू के इसे चलाएँ
खेलें छत पर, भीगें जमकर
नहीं किसी की मानें बात खेलें पानी पानी।
याद करो बरखा की रातें, उमड़ घुमड़ बादल की रातें
बौछार कहीं कहीं पर टपका, इधर-उधर सामान को पटका
बच्चों को जब टेर लगाओ, करते आनाकानी।
बापू का सबसे था कहना कपड़े एक तरफ़ रख देना
भर गया पानी घर था नीचा,हाथों में ले उसे उलींचा
भीगे पोर सिकुड़ गई खाल अम्माँ थकी ठिठुर गई नानी।
पानी बिना मिटेगी मानव तेरी गौरवगाथा
रीती गागर कुँआ भी रीता बैठ पकड़कर माथा
टीवी और मोबाइल पर अब देखो सावन पानी।
जितनी बरखा यादों में अब उतनी नहीं बरसती
धरती के होठों पर पपड़ी प्यासी आज तरसती
पेड़ लगाकर मन्नत माँगो आओ बरखा रानी।

सड़क

सड़क दूर तक जाती है, सबको पास बुलाती है
इसके काले स्लेटी तन पर गाड़ी के पहिये घन-घनकर
जितना मन हो चलते हैं
सड़क किसी को नहीं टोकती नहीं किसी की राह रोकती
हाथ पकड़ चलने वालों को मंज़िल तक पहुँचाती है।
सड़क पे चलते राजा-रानी, लकड़ी टेके नाना-नानी
सड़क पे चलते संत फ़क़ीर, सड़क हर किसी की जागीर
छिलके इस पर नहीं गिराओ, न कचरे का ढेर लगाओ
परदेसी मेहमानों को यह देश की शान दिखाती है।
कैसी थी बिन सड़क के दुनिया पहले आज़ादी के
धूल उड़ा करती थी पथ पर, पूछो दादाजी से
गाँव तरसते थे शहरों को, शहर तरसते थे गाँवों को
बीच में दोनों के थी खाई, सड़कों ने पाटी ये खाई
गाँव शहर की हुई सगाई
दूल्हा-दुल्हन और बरातें, लाती है ले जाती है।

परिणाम

परिणामों की सूची में हो पहला या अंतिम स्थान
सबसे बड़ी पढ़ाई यही है बनना तुम अच्छे इंसान।

चाहे जो भी काम करो पूर्ण समर्पण भाव रखो
यही राष्ट्र की सेवा है इसी में जीवन का कल्याण।

दुर्लभ दर्शन सदाचार के दस मुखड़े हैं भ्रष्टाचार के
झूठ कपट की दुनिया में बनना तुम सच्चे इंसान।

पल-पल रंग बदलता है पतित राह पर चलता है
ऐसे नेता मत बनना, बनना सुभाष से तुम महान।

दौलत को समझे भगवान् साधू बना फिरे शैतान
नेकी की सम्पदा जुटाकर बनना तुम सबसे धनवान।

बोलो चंदा मामा

बोलो बोलो चंदा मामा किसको ढूँढ़ रहे हो
सारी दुनिया नींद में खोई और तुम घूम रहे हो
सन्नाटा फैला सड़कों पर,पेड़ खड़े हैं मौन साधकर
ऐसे में क्यों घूम रहे हो,बोलो क्या कुछ ढूँढ़ रहे हो
उठे सवाल हैं कैसे-कैसे, क्या गिर गए हैं आप के पैसे
क्या खोया आमों का झोला, या फिर गुम हो गया झिंगोला
क्या खो गया है कोई खिलौना, या फिर खोया चाट का दौना
चश्मा रखकर भूल गए क्या, टाँग के चाबी बिसर गए क्या
क्या खो गई आपकी गाय या पीनी है आपको चाय
मामा जी थोड़े नादान,रात में ढूँढ़ रहे सामान
दिन होगा तो मिल जाएगा यों भी ऊँघ रहे हो
चंदामामा अब सो जाओ,मीठे सपनों में खो जाओ
तारों जड़ी तुम्हारी चादर,बादल के तकिये पर है सर
तुम राजा हो आसमान के हम नन्हें बच्चे धरती के
देख तुम्हें ख़ुश होते हैं
एक खाट पर भाई तीनों सिकुड़-सिकुड़कर सोते हैं
छोटा-सा घर अपना है राजा बनना सपना है
इतना बड़ा मैं हो जाऊँ आसमान को छू पाऊँ
और मैं खोया हूँ जैसे तुम माथा चूम रहे हो

पेड़ प्रणाम

धरती ने दे दिया तमाम
पेड़ लगाकर करो प्रणाम।
हम भी धरती की संतान
पेड़ भी धरती की संतान।
बोलो क्या दोनों का नाता
क्यों कहते धरती को माता!
हम काटें ये हमको पालें
आओ इनको गले लगा लें।
भोजन कपड़ा और दवाई
ठण्ड में रुई से भरी रजाई।
पेड़ ही दें गन्ने का रस
पेड़ ही दें कूलर में ख़स।
पेड़ ही देते सारे साधन
भूमि एक बड़ा संसाधन।
प्राणवायु उपलब्ध कराते
पेड़ ही बादल को ठहराते।
थके हुए को देते छाया
नहीं पूछते कहाँ से आया।
आओ आओ पेड़ लगाओ
पीपल बरगद नीम लगाओ।
जामुन आम अनार लगाओ
चक्कर इनके चार लगाओ।
खेल खेल में इनको छू लो
बिन रस्सी बरगद पर झूलो।
बनने न दो रेगिस्तान
पेड़ हैं जीवन की पहचान।

गुड़िया की शादी

बात बात में बात चला दी
आओ करें गुड़िया की शादी।

अपना गुड्डा अपनी गुड़िया
अपनी यह माटी की कुटिया
द्वारे बंदनवार सजाएँ
झूठ मूठ का भोज कराएँ
घोड़े पर दूल्हा बैठाएँ
उसके सर पगड़ी पहनाएँ
गली-गली पिटवाएँ मुनादी।

सब बच्चे अब नाचो नाच
गुड्डे जी की सजी बारात
रुको रुको इक बात बताओ
हर बाराती से मिलवाओ
ये हैं गुड्डे जी के भाई
इन्हीं ने अधिक मिठाई खाई
हमने राज़ की बात बता दी।

ये हैं गुड्डे जी की बहना
इनकी चोटी का क्या कहना
मटके जैसे लटके साँप
बीन बज उठे अपने आप
भइ अब गुड़िया को बुलवाओ
दोनों को माला पहनाओ
बिन पंडित भाँवर डलवा दी।

हाथ उठाकर दो आशीष
इनमें हो झगड़ा न टीस
कहाँ गईं गुड़िया की ताई
कह दो जल्दी करें बिदाई
न गुड़िया! बिलकुल न रोना
खुशियाँ चुन चुन हार पिरोना
कान में कहने आई दादी।

कभी न टूटे कभी न रूठे
बचपन का संसार न छूटे
हम बच्चे भेद न जानें
जात-पात को हम न मानें
लेन देन से क्या है होना
हम न जाने चाँदी सोना
अपनी दुनिया सीधी-सादी।

आओ करें गुड़िया की शादी।

साबरमती के संत

नासमझों ने छोड़ अहिंसा देश में फैलाया आतंक
ऐसे में तुम याद आ गए साबरमती के संत।

कहीं कोई बन्दूक़ चलाता मारे या फिर मारा जाता
ऐसे में याद आ जाती आधी धोती पूरी लाठी

तुम होते तो आग्रह करते सत्ता से सत्याग्रह करते
और रखते लम्बे उपवास बापू एक तुम्हीं से आस

बीच अमीर-गरीब के खाई पूँजीवाद ने और बढ़ाई
एक तरफ़ लाल कालीन दूजी तरफ़ करोड़ों दीन

देश तरक़्क़ी करता जाता दुनिया भर में नाम कमाता
बापू दुनिया के आदर्श भारतवासी करें विमर्श

क्या खोया पाया क्या हमने
बापू के सपनों का भारत अभी बना पाया क्या हमने

भारतवासी अब तो चेतें बापू की आँखों से देखें
और ये मन में लें संकल्प गाँधीजी का नहीं विकल्प।

चित्रकारी

किसने अम्बर किया है नीला
गेंदे में रंग भरा है नीला
किसने हरी बनाई घास
और फूलों में भरी सुवास
नदिया क्यों बहती रहती है
धरती क्यों इतना सहती है
क्यों तारे टिम टिम करते हैं
क्यों बादल गरजा करते हैं
क्यों सूखे पत्ते झरते हैं
पत्ती के कोमल गालों पर
किसने पतली नसें उभारीं
तितली के नाज़ुक पंखों पर
किसने की है चित्रकारी
क्यों कोयल मीठा गाती है
क्यों सुनकर मस्ती छाती है
इन्द्रधनुष क्यों है सतरंगी
क्यों मुर्ग़े के सर है कलगी
मोर में बोलो क्या है ऐसा
पंखों पर चिपका है
सूरज को क्यों हुआ मलाल
उदय अस्त दोनों में लाल
ऐसे ढेरों ढेर सवाल
लेकिन सबका एक जवाब
यह सृष्टि ईश्वर की रचना
मानव इसे बचाकर रखना
सर्वश्रेष्ठ रचना तो तुम हो
तुम पर है कि कुछ न गुम हो।

नानी की शैतानी

एक बार की बात पुरानी
नानी को सूझी शैतानी।
गुल्लू के बस्ते से छुपकर
इधर-उधर सब ओर को तककर
पेन्सिल को चुपचाप उठाया
कॉपी काग़ज़ नहीं उठाया
माथा ठुड्डी हाथ-पाँव पर
आड़ी खड़ी लकीरें खींची
गुल्लू कहता यह क्या नानी
कर दी यह कैसी नादानी
अब कहती हो   मैं बुढ़िया हूँ
सूरत शक्ल बनी है बढ़िया
रेखाओं में उमर की गाथा
इसको बाँच कहाँ कोई पाता
माँ कितनी प्यारी लगती है
परियों पर भारी लगती है
आप तो हो मम्मी की मम्मी
वो चार आना आप अठन्नी
ग़लती कर दी बचपन वाली
अपने पर पेंटिंग कर डाली

चिड़िया रानी

चिड़िया रानी चिड़िया रानी उड़ना मुझे सिखा देना
धरती पर हूँ आसमान से जुड़ना मुझे सिखा देना

चोंच में दाना लेकर तुम, दूर-दूर तक उड़ती हो
डाली से डाली पर फिरती, थकती हो न गिरती हो
कहाँ से पाया इतना साहस, कानों में बतला देना।

नन्हीं सी तुम जान हो चिड़िया, लेकिन बड़ी बँधातीं आशा
पंख सहारा तब ही देंगे, उड़ने की जब हो अभिलाषा
कहाँ से पाया इतना जीवट, राज़ खोल समझा देना।

आसमान कितना है ऊपर और हम कितने नीचे हैं
यही सोचकर संकल्पों से हाथ हमेशा खींचे हैं
कैसे अडिग रहें अपने पर हमको भी समझा देना।

पैसा-पैसा करते करते कैसा क़िस्सा कर डाला
हरा-भरा जग था सोने का पिंजरा इसे बना डाला
बचा पाऊँ जल, जंगल, जीवन मंत्र हमें सिखला देना।

बूँद से प्रश्न

बूँद भला क्यों इतनी दूरी से आती है !
हमको तो ये बात समझ में न आती है

क्या ऊपर माले में इसकी जगह नहीं है
या अम्बर में कोई इसका सगा नहीं है

या भेजा होगा धरती ने ही आमंत्रण
पुलक उठा है बूँद से मिलकर इसका कण-कण

या फिर पत्ते हाथ हिला बुलाते होंगे
बूढ़े पीपल बरगद इन्हें सिखाते होंगे

दुनियादारी में अक्सर ऐसा होता है
दादी की फ़रमाइश को पोता रोता है

हो सकता है कुछ बच्चों ने नाव बनाकर
ललकारा होगा बादल को ताव दिखाकर

वैसे तो सम्भावना नहीं मगर अपवाद
कजली झूला सावन की आई हो याद

क्या कारण होगा जो बूँद चली आई है
बेटी-सी बाबुल की छोड़ गली आई है।

भाग 4
मोमान्टिक शायरी
(क्षणिकाएँ)

कितनी दूर है धरती अभी,
बूँद ने बूँद से पूछा न कभी।

* * *

दिन से कह दो कि रोज़ शाम को ढला न करे,
एक ढर्रा-सा बना उसी पर चला न करे।

* * *

अपने ऊपर चढ़ी धूल से परेशान हैं,
क्या कहें धर्म की किताबें अब बेजुबान हैं।

* * *

दूर से आतीं आवाजें
बिना रोशनी ही चीरतीं अँधेरे को।

* * *

सबको चाहिये प्रेम विश्वास और सम्मान
अपने ही पैरों से छूटे अनुकरणीय निशान
ये तो एक निवेश है जो ब्याज सहित आएगा
जो दिया नहीं उसे कौन लौटाएगा.....।

ग़रीब और किसान पर
जब बोलेगा कवि तो तालियाँ पड़ेंगीं
बोलेगा नेता तो वोट पड़ेंगे
बनेगी फ़िल्म तो सुपरहिट रहेगी
बनाए कोई पेंटिंग तो ऊँचे दाम बिकेगी
जब ग़रीब और किसान ख़ुद बोले तो...
गोली चलेगी।

* * *

केवल एक पेड़ काटने से बेघर हुई चिड़ियाँ
केवल एक नदी के मैली होने से तड़पकर मरी मछलियाँ
केवल एक मुट्ठी खेत की माटी से जूझते जीव
अगर अदालत चले जाएँ
तो इंसानों को ढूँढ़ने से वकील नहीं मिलेगा।

* * *

जी भरा-भरा सा रहता हो
और कुछ कहने को कहता हो
तो बदली के संग हो लेना
जब बरसेगी तब रो लेना
ग़लती पर डाँट नहीं सकते
कोई दुःख बाँट नहीं सकते
मस्ती के सस्ते याराने
बरातों में संग हो लेना
जब बरसेगी तब रो लेना।

चुराया किसी ने तब एहसास हुआ
जो अपने पास थी वो दौलत थी।

* * *

पलभर को नई-सी लगती है
फिर वही सब भर जाता है
सुबह कहाँ देर तक ताज़ी रह पाती है
ट्रेन में एक और बोगी-सी जुड़ जाती है
पिछली घटनाओं का सिलसिला
क्या खोया क्या मिला
चलो देखते हैं शाम तक
चलते रहना विराम तक।

* * *

कुछ कहना बेकार है
दर्द का आँखों से
बहना बेकार है
महल का होना ज़रूरी है
हक़ीक़त में या सपने में
ढहना बेकार है।

* * *

किसी का दिया हुआ दर्द है
एहसास जब-जब होता है
अपने ही आँसुओं पे
शक होता है।

हर साल जलाते हैं
बुराई का प्रतीक
बुराई कब जलाएँगे
यही चला अगर
तो एक दिन
हम मानव नहीं
मानव के प्रतीक
कहलाएँगे.....।

* * *

अतीत को स्मृति का बड़ा सहारा है
वर्तमान में जीने वालों से वो हरा है।

* * *

भ्रम ही तो है
पत्थर पूजे जाते हैं
न पत्थर न मूरत
किरदार पूजे जाते हैं।

* * *

अबोध प्रश्न पर ईश्वर मेरे मुँह मोड़ लेते हो
दरजी हो रफ़ूगर हो या कोई मिस्त्री शातिर
अगली साँस को पिछली से कैसे जोड़ लेते हो।

बिना पाले ही पल रही हैं
ख़्वाहिशें अब जवान हो चुकी हैं
न मिली राह तो सोचो कि किधर जाएँगी
पहले मारेंगी मुझे ख़ुद भी फिर मर जाएँगी।

* * *

सुख-दुःख है इसका नाम
जीवन में गणित का है परिणाम।

* * *

सुनाना है तो सुना दो अम्बर को दुखड़ा
जो अब तक बिका नहीं होके टुकड़ा टुकड़ा।

* * *

कुछ नहीं छीना मिरा नाकामियों ने
फिर क़दम मज़बूत होकर चल पड़े हैं
टूटकर जुड़ने के क़िस्से बहुत होंगे
हम जो टूटे एक से सौ सौ बने हैं।

* * *

बड़े लोगों ने बड़ी बातें कीं
बड़ी जगहों पे मुलाक़ातें कीं
मसले जस के तस रहे फिर भी
कोई न बता सका किसने ख़ुराफ़ातें कीं।

पेड़ कम पंछी कम
नदिया में पानी कम
मेहनत कम सेहत कम
बुज़ुर्गों की ख़िदमत कम
किस किस बात का करें ग़म।

* * *

अपना कार्यक्षेत्र ही कुरुक्षेत्र है
कृष्ण वही गीता वही
अपना पात्र चयन कर लें
भूमिका तय कर लें।

* * *

नया साल मनाते हुए
जन्मदिन के गीत गाते हुए
वहीं खड़ा देखता रह जाता आदमी
ज़िन्दगी को दूर जाते हुए।

* * *

ज़मीन के सारे हिस्से तुम ले लो
मुझे मेरे हिस्से का आसमान दे दो

भले ही झूठ के सहारे ज़िंदा रहें मगर सच बोलें
कम से कम दूसरों की नज़र में तो ख़ुदा हो लें।

* * *

सँभालिए अश्क क़दरदान आते-जाते हैं
हम तो दरिया हैं गुज़रते ही गुज़र जाते हैं
समंदर क्या करेगा आँख में ठहरा हुआ
ज़माना वैसे भी है आजकल बहरा हुआ।

* * *

भ्रम ही तो है
पत्थर पूजे जाते हैं
न पत्थर न मूरत
किरदार पूजे जाते हैं।

* * *

गुज़र ही जाएँगे हम भी इक दिन
फिर न कहना कि वक्त गुज़र गया।

* * *

सुख के दिन थे तो पत्थर बनकर जिया
जीवनरूपी अमृत को पानी समझकर पिया
जब दुःखों की हुई बारिश और गला
मिट्टी का बना है ये तब पता चला।

अपनी ही आरज़ूओं का कफ़न हूँ
हौसले बर्फ़ जैसे सर्द भीतर मैं दफ़न हूँ!

* * *

जाने किसकी शर्म लगी कि ठंढ गुलाबी हो गई
सिर से ओढ़ा शॉल पड़ोसन प्यारी भाभी हो गई।

* * *

निकल आईं दो दंतुलियाँ बुढ़ापे कीं
और जवानी ओट से तकने लगी है
नज़र तो माँ की ही लगती है हमेशा
तोड़ तिनका टोटका करने लगी है।

* * *

लड़कियों खूब पढ़ो, आगे बढ़ो
नहीं तो अच्छीं-अच्छीं परीं
चौका में दूरीं।

* * *

घर के बुजुर्ग जो थे पहले बीमारियों से घिरे
एक-एक ईंट की तरह फिर पुरानी हवेली से गिरे।

धरती के धैर्य को सराहने वालों
सोचना समंदर खारा क्यों है?

* * *

छोटा आदमी भी बड़ी बात कह सकता है
ये हौसला है कहीं भी रह सकता है।

* * *

सूरज डूबता है तो डूबे
अपने तो अभी बाकी हैं मंसूबे।

* * *

सब साथ चलें सबका हो भला
मैं तब मानूँगी दीप जला
कोई न किसी से जाए छला
मैं अब मानूँगी दीप जला।

* * *

स्वतन्त्रता एक बड़ी ज़िम्मेदारी है
ये अपने कंधों पर आपकी सवारी है।

* * *

कोई नहीं समझ पाया कि पंख कहाँ से जुड़ जाते हैं
यहीं पड़ा रह जाता पिंजर, प्राण पखेरू उड़ जाते हैं।

चुपचाप क्यों खड़े हैं
आप क्या फ्रेम में जड़े हैं।
ज़ाहिर कीजिए अपनी भी राय
ज़िदा रहना बेकार न जाय।

* * *

झूठ और फरेब बरसा गए
बादल भी आज के चलन में आ गए।

* * *

आदमी पर छा रहा है आदमी बादल के जैसा
कौन जाने नाम क्या है और ये मौसम है कैसा।

* * *

बहुत बचा है अभी दुनिया में
सच्चाई अच्छाई प्यार ऐतबार
नेकी पर उसके लिखे निबन्ध की
तुम भूमिका हो न कि उपसंहार।

* * *

मुझे किसी बात का ग़म नहीं
ये कहना भी कम नहीं।